JN099942

Chara

偏屈なクチュリエのねこ活

月村　奎

キャラ文庫

この作品はフィクションです。
実在の人物・団体・事件などにはいっさい関係ありません。

目次

口絵・本文イラスト／野白ぐり

1

コンビニの脇の細い路地の薄暗がりに屈《かが》んで、黒谷《くろたに》リオンは二缶目のストロング酎ハイのプルタブを起こした。

酒をおいしいと思ったことはなかった。そもそもまだ二十一で、飲酒経験もそう多くはない。それでも、どうしていいのかわからない現状から、ほんのひととき合法的に逃避する方法は、これくらいしか思いつかなかった。

仕事をクビになって丸一か月。都心から電車で二時間ほどの北関東の街に流れ着き、古びたビジネスホテルに引きこもっていたが、所持金はあっという間に尽きてしまった。

実家と呼べそうな場所には、もう帰れない。人目が怖くて新しい仕事を探すこともできない。ホテル隠遁《いんとん》中は一切外出せず、食事はウーバーの置き配で済ませていたから、さきほど酒を買うためにコンビニに入ったときには、マスクと目深にかぶったキャップの下で緊張に顔がこわばった。

アルコールが回り始めたせいで、緊張は少しだけ和らいできたが、かといって絶望感に変わりはなかった。

街路樹のハナミズキの花びらが、風に飛ばされて路地裏まで転がってくる。日中は夏日になることもある春の盛り。だが夜はまだ路面からしんと冷たさが這《は》い上ってきて、リオンは無意識に冷えた腕をさすった。

缶酎ハイを呷《あお》ろうとしたとき、大笑いしてじゃれあいながら路地を曲がってきた二人組の若い酔っ払いが、ぶつかってきた。男の膝がリオンのキャップのつばに当たり、キャップが路上に転がり落ちた。

パーカもパンツもキャップも黒ずくめで闇の中にしゃがみこんでいたリオンに、男たちは初めて気付いたようだった。

「うわ、人いた」

「こわ。地縛霊かよ」

リオンは慌ててキャップを拾い、褪《あ》せた金髪を隠そうとしたが、男の一人が「あ」と声をあげ、顔を覗《のぞ》き込んできた。

「こいつ、あのパラソルとかいうボーイズグループの、なんちゃらリオンってやつじゃね?」

「パラソル?　なんだよそれ」

「SNSで変なダンスがちょいバズってたじゃん」

「知らねえよ。おまえ男のアイドルなんか詳しいの?」

「ちょっと前に散々ニュースショーで取り上げられてただろ？　二世俳優の木島貴仁《きじまたかひと》との密会をスクープされて」

「ああ！　あんときの相手か？　事務所をクビになったとかいう？」

リオンはいたたまれず立ち上がって、逃げるように歩き出した。急に酔いが回って、足元がふらふらした。

「おいおい、大丈夫かよ」

面白がるように、男たちがついてきた。

「まさかこんなところで芸能人に会えるなんて思わなかった」

「マジそれな？　芸能人って実物はテレビで見るよりさらに細いっていうけどホントだな。二次元みたいな等身しちゃって」

「なあ？　顔とか作り物みたいだけど、ホントに作ってたりして？」

酔っ払いたちを振り切ろうと歩を速めるが、リオン自身も酔いが回って、思うように歩けない。

古いアーケード商店街は、コンビニや飲み屋のあるゾーンを離れると、夜間はシャッターのおりた店が続き、街灯も薄暗かった。

リオンのつれない態度が気に入らないようで、男の一人が背後からリオンの肩を引っ張り、向井《むかい》洋裁店という文字が薄れたシャッターに押し付けた。

古めかしいシャッターはガシャガシャと耳障りな音を立てて揺れた。

「セレブ気取りでお高くとまってんじゃねえよ。芸能界はクビになったんだろ?」

「あの二世俳優に、相談とか称してストーキングしてたんだってな」

「男を追い回して振られてクビとか、ヤバすぎんな。なんなら俺たちが相手してやろうか?」

押さえつけている男が、リオンの顎に手をかけて、値踏みするように顔を見つめてくる。

それをもう一人が囃《はや》し立てた。

「おまえ、そういう趣味があったの?」

「ないけど、こんだけ美人だと、男もありな気しないか?」

「しねえよ！　……だけど、男の方がおしゃぶり上手だって言うよな?」

「おまえだって十分その気になってるじゃねえかよ」

時間帯と酒が男たちのテンションをあげ、面白くもないことを言ってはゲラゲラ笑い合いながら、リオンとの間合いを詰めてくる。

「ねえ、俺たちと遊ぼうよ」

「同時に二人相手にできるなんて、嬉《うれ》しすぎて漏らしそうだろ?」

くだらないことを持ち掛けてくる男たちに吐き気がする。

そして、それ以上に自分に吐き気がした。

この男たち同様、黒谷リオンのことは知らなくとも、大物俳優を父に持つ木島貴仁の尻を追い回して干されたタレントといえば、だいたい誰でもわかるはず。

どこに行っても、自分はこんな目で見られ、こんなふうに言われ続けるのだろう。そう思ったら、もうなにもかもが嫌になる。

その時、洋裁店のシャッターがガラガラと開き、長身の男がぬっと姿を現した。

「何の騒ぎだ」

身長に見合った低い声で、男は不機嫌そうに酔っ払いをねめつけた。

姿のいい男だった。歳《とし》は三十前後だろうか。少し長めの髪をうしろになでつけ、いかつく整った目や頬のラインに、薄暗い街灯が濃い陰影を刻んでいる。

酔った頭に、一瞬、ヒーローが助けにきてくれたのかと能天気な妄想がよぎった。まるでドラマみたいじゃないか、と。

だが、そんな妄想は、一瞬で霧散した。

「人の店の前で迷惑だ。どこかよそでやれ」

取り付く島もない男の冷淡な声に、リオンは思わず笑ってしまった。なにがヒーローだ。何度しくじれば自分は学習するのだろう。

うちにおいで、と優しく手を差し伸べてくれた伯父の家では冷遇され、街で自分を見出《みいだ》してくれた芸能事務所からはあっさり放り出されて。このうえまだ誰かが助けてくれるなんていう妄想が浮かんでくるとは、自分はどれだけおめでたいのか。

もう全部終わりにしたい。そんなふうに思った時、虚《うつ》ろな視界に男が手にした大きなハサミが見えた。黒い持ち手で、先のとがった長い刃先は、いかにも切れ味がよさそうだった。

「ほら、うるさいってよ。とりあえず俺たちとあっちに行こうぜ」

「だな。もっと明るいところで、そのお綺麗《きれい》な面を拝ませてよ」

思えば事の発端は、すべてこの顔だったなと思う。こんな顔、潰してしまえばいい。そうしたらもう誰かに期待されたり妬まれたりすることもないし、顔が変われば誰も自分に気付きはしないだろう。

リオンは酔っ払いの手をふりほどくと、長身の男のハサミに手を伸ばした。

「おい。なんの真似《まね》だ」

驚いたようにハサミを持った手を引き戻そうとする男と、両手でつかんで引っ張るリオンの間で、一瞬綱引き状態になったが、全体重をかけて引っ張ると、ハサミが男の手から外れた。力任せの反動で、引き寄せた腕の動きのまま、刃の側面が勢いよく額にぶつかり、噴き出した血が歩道にしたたり落ちるのが見えた。

「うわっ」

「やべ、こいつ頭おかしいぞ」

仰天した様子の酔っ払いたちは、面倒に巻き込まれるのはごめんだとばかりに、駆け出して行ってしまった。

男がリオンの手の中のハサミを叩《たた》き落とした。

空になった手を額に当ててみると、手のひらはあっという間に血で染まった。

そんなに大量の血液が自分から流れ出すのを見るのは初めてだったので、文字通り血の気が引いた。

「おい。大丈夫か」

眉をひそめて寄ってくる男の腕に、リオンは思わずしがみついていた。

「どうしよう、俺、死ぬのかな?」

この一か月、もう色々考えるのも疲れて、死んだら楽になれるのかなと投げやりに思ったりもした。

だが、いざ大量の血を見ると急に怖くなるのは、生き物の本能なのだろうか。

こんな消化不良の状態で死んだら、きっと成仏できない。

でも、自然と瞼《まぶた》が下りてきてしまう。ダメだ、目をつぶったら、もう二度と開かない気がする。

ふらつく足元を支えようと、男に強くしがみついたが、意思の力に逆らって瞼は重くなり、視界と共に世界も消失した。

リオンには父親の記憶がない。母親もリオンが五歳の時に亡くなり、もう顔もぼんやりとしか思い出せない。

一切の親戚づきあいもなかったので、リオンは施設に引き取られることになっていたが、行政からの連絡で母親の死を知った伯父が、リオンを引き取ると申し出てくれた。

そのときが初対面だった伯父の表情を、今でもはっきり覚えている。眼鏡の似合う、やさしい笑顔の人だった。大きな手をリオンに差し出して、『今日からうちの子になるんだよ』と言ってくれた。放置子で、母親からも満足な愛情を受けていなかったリオンは、戸惑いながらもその愛情にすがりついた。

伯父は、本当にやさしい人だったのだと思う。十代で妊娠して家出した歳の離れた妹に、なんの手助けもできなかったことをずっと後悔していたと、リオンが少し大きくなってから教えてくれた。母が育った家庭も荒廃していて、今は亡き祖父母も母には無関心だったようだ。

伯父の善意に偽りはなかった。

でも、現実はそんなに簡単なものではなかった。

伯父一家にはリオンより年下の従弟妹《いとこ》がいた。家族で外出すると、リオンはよく声をかけられた。

まあ、綺麗な子。

お人形さんみたい。

最初は笑顔で応じていた伯母の顔から、少しずつ笑みが消えていった。すでに二人子供がいるのに、義妹の子を引き取ること自体、心から賛成していたわけではなかったのだろう。それでも最初はそれなりに面倒を見ようとしてくれていた。だが、リオンの容姿が人目を引きすぎるせいで、実子が引き立て役のような扱いを受けることに、徐々に我慢ならなくなっていったようだった。

従弟妹たちも、成長するにつれ伯母と同じ感覚を持つようになったようだ。リオンを冷遇する家族を、伯父は折に触れ窘《たしな》め、それが家庭内の雰囲気をギクシャクとさせた。夜半に、よく伯父と伯母は口論していた。

自分が家庭不和の原因になるのがいたたまれなくて、リオンはなるべく自室にひきこもり、家族の外出に同行することもやめた。嫌われたくなくて、少しでも好感を持たれたくて、自分なりに考えた行動だったが、それは伯父の目には反抗と映ったようだった。

報われぬ努力に、伯父は匙《さじ》を投げた。リオンは家庭内で完全に孤立した。

どうしたら愛してもらえるのかわからなかった。容姿のことばかりが人目を引くのが嫌で、学校でも人と距離を取って孤立していった。

高校二年生のとき、学校帰りに芸能事務所の社長からスカウトされた。

芸能人になりたいなんて、一ミリも考えたことがなかった。だが、諸悪の根源のこの顔が、居心地の悪い家を離れるためのツールになるなら、それもありかなと思った。

事務所の社長の熱心さにも心を動かされた。リオンは誰かに必要とされることに飢えていた。

高校を中退して事務所に入り、寮で暮らすようになったリオンは、結局伯父の家に来た時と同じことの繰り返しだとすぐに気付いた。

可能性にほれ込んだと熱く口説いてきた社長だが、小さな事務所にはそうやって同じように口説かれた、まだ石ころなのか原石なのか判然としない若者たちがごろごろしていた。当たり前だがリオン個人を欲してくれているわけではなかった。

事務所に入ってしばらくは、二十人ほどの研修生たちと地下アイドル的な活動をしていた。ダンススキルも演技の才能もないことはリオン自身がいちばんよくわかっていた。誰かに欲されたいという気持ちだけを原動力に、必死で過ごした。

十九歳になった頃、メジャーデビューに向けてプレ始動中だった四人組のボーイズグループ『パラソル』のメンバーの一人が脱退した穴埋めに、リオンが抜擢《ばってき》された。

ビジュアル要員といえば聞こえはいいが、要は顔だけ。そのせいで事務所の同期や先輩から嫌味を言われたり嫌がらせを受けたりもしたが、SNSでパラソルの振り付け動画がバズり、徐々にファンがつくようになると、リオンの心は少し満たされた。

あくまで、少し。絶対的な安心感を知らないリオンは、常に不安につきまとわれていた。揺るぎなく自分を必要としてくれる存在に飢えていた。

メジャーデビューを果たしたものの、大手事務所のタレントとは違って、なかなか認知度は上がらなかった。そんな時期に、学園ドラマの仕事が入った。少女漫画のドラマ化で、リオンはほぼモブに近いクラスメイトだった。

その時、担任教師を演じていたのが木島貴仁だった。誰もが知る大御所俳優の息子で、スタッフも気を遣って接しているのがよくわかったが、本人は至って腰が低く、感じのいい青年だった。

メインキャストの生徒だけではなく、端役やエキストラにも分け隔てなく声掛けをして、場の雰囲気を和ませるような人だった。

ある日の休憩時間、生徒役の若い役者たちが、気の合うメンバーで固まって談笑する中、一人廊下でロケ弁を食べていたリオンに、木島が声をかけてきた。

『ここ、風が通って一等席だな』

孤立していることを揶揄《やゆ》するでもなく、さらりとそんなふうに言って、隣に椅子を持ってきて一緒に食事を始めた木島は、ドラマの中で演じている好感度の高い教師そのままだった。

ライバル関係でもある生徒役の俳優より、先生ポジションの木島の方が、なんとなく楽に話ができた。七歳年上の木島もまだ二十代だったが、二世俳優として盤石のポジションを築いている雲の上の存在だから、妬みや蹴落とし合いのような余計な感情を抱くこともない。

リオンの何が気に入ったのか、木島はその後も休憩のたびにリオンに話しかけてくるようになり、やがてオフの日も誘いがかかるようになった。

兄のように目をかけてくれる木島の存在は、愛情に飢えたリオンの心を癒してくれた。初めてできた友人と呼べる相手だった。

だから木島から性的なアプローチを受けたときには、ひどく戸惑った。

混乱しながらも、押し切られるまま流されたのは、初めてできた大切な存在を失いたくなかったからだった。

自分の性指向について、それまで深く考えたことはなかったが、振り返ってみると女性に恋愛感情を抱いた記憶がなかった。木島はリオンのそんな部分を、本人より先に察していたのかもしれない。

とはいえ、異性愛者がすべての異性に恋愛感情を抱くわけではないように、リオンがそちら側の人間だったとしても、同性なら誰でも恋愛対象になるというわけではなかった。

木島のことは、兄のように慕っていたから、性的な雰囲気になるとなんともいえない居心地の悪さや後ろめたさを覚えた。

でも、拒めなかった。再び愛情をすべて失ってゼロに戻るのが怖かった。自分は恋愛的なことに未熟だから戸惑っているだけで、いずれ違和感を覚えなくなる日が来るに違いないと自分に言い聞かせた。

終焉《しゅうえん》は八か月後に突然訪れた。二人の関係が週刊誌にすっぱ抜かれ、木島の部屋のベッドで眠るリオンの写真がネットに流出した。雑誌の記事によると、木島の婚約者の女性が、木島の言動に不信感を抱き、隠しカメラを仕掛けて、腹いせに暴露したらしかった。

リオンは事務所から無期謹慎を言い渡され、木島とは一切連絡がつかなくなった。

数日後に、木島の事務所が取材に応じた。役柄の延長で生徒のようにかわいがっていたリオンにストーキングされ、木島が対応に苦慮していたこと、本人の将来のために警察沙汰にはしたくないと庇《かば》っていたこと、それが結果的には今回のような誤解を招くこととなり、本人も大いに反省していることなどが、事務所サイドから淡々と説明された。

炎上と、木島の事務所の圧力とで、結局リオンは事務所を解雇された。

パラソルには、リオンがかつてそうしたように、すぐに新しいメンバーが補充された。

リオンは、誰にも必要とされていなかった。

いや、必要とされないどころか、婚約者のいる男にストーキングしていた最低の人間として、自分のことをよく知りもしない世間からバッシングされ、社会的に抹殺されたのだった。


小刻みな振動音が、リオンを死んだような眠りから呼び覚ました。

最初は雨の音かと思った。意識が少しはっきりすると、それは雨だれではなくて規則的な機械音だとわかった。

リオンは年代物のソファの上に寝かされていた。起き上がろうとすると、ソファもリオンの身体《からだ》もギシギシと軋《きし》んだ。

トルソーや布地の棚が置かれたレトロな空間は、どうやら洋裁店の店内らしい。壁際の大きな姿見には、額に肌色の医療テープを貼られた青白い自分の顔が映っていた。

古い洋室の隅で、先ほどの男がミシンを操っていた。

死んでいなかったことを実感すると、少しがっかりしたような、ほっとしたような、身の置き所のないような気持ちになった。

「あの……ええと……お騒がせしました」

リオンはソファからふらふらと立ち上がって、野良猫のように男の傍らを通り抜けて店から出ていこうとした。

男はミシンをかける手を止めて「待て」と低く呼び止めてきた。

リオンはびくりと足を止めた。

ケガは大丈夫か？　もう少し休んでいったらどうだ？

そんなふうに引き留められたら、なんと言って断ろうかと考えていると、男は無表情に「それ」と顎をしゃくった。

男が示した作業テーブルの上に、見覚えのある大きなハサミがあった。点々と血の跡がつき、落下した拍子に地面に激突したのか、鋭利だった先端が微《かす》かに潰れている。

さらに、椅子の背には、赤褐色の血痕つきの白いシャツがかかっていた。

「人のものを破損して、弁償もしないで逃げるつもりか」

想像の上を行く発言に、リオンは固まった。

気遣いを断るシミュレーションなんかして、自分は本当にどうかしている。

そう、悪いのは自分なのだ。

謝らなくてはと思ったが、言葉は喉の奥で固まった。

これまでの人生で謝ったり懇願したりしても、物事がいい方向に進んだことなど一度もなかった。

思うようにならなかったのが不満というのではない。そのたびに傷つくのが、あまりにも悲しく恥ずかしくてしんどかった。

傷つかないためには、トゲトゲに武装して、反撃するほかなかった。

「ならそっちこそ、顔の傷の責任取れよ。あんたがハサミなんか持ってなきゃ、ケガをすることもなかったんだから」

どんだけひどい責任転嫁。最悪な人間だな。自分に反吐《へど》が出る。

これでおあいことばかりに、今度こそ立ち去ろうとしたが、ぬっと立ち上がった男に、進行方向を塞がれた。

男の大きな手が、リオンの前髪を持ち上げ、額に貼られたテープをしげしげと見つめてきた。

「おまえが気絶している間に、知り合いの医者に縫合してもらった」

無表情な昏《くら》い目で見つめられるとなんとなく居心地が悪くて、リオンは目を泳がせた。

「……それはどうも」

「三、四日したら抜糸に来ると言っていた。傷が治るまではここに置いてやる。それでいいか？」

「え……」

「文句があるのか？」

「……ない……です」

言いたいことはあったが、言葉を飲み込んだ。数日でも隠れ家にさせてもらえるのは、正直ありがたい。所持金はすでに心許《こころもと》ない金額だし、もう誰かに追い回されるのは懲り懲りだった。

男は店の奥の扉を開け、ついてくるように目顔で促した。

シャッターが閉まったままの店内は時間が分かりにくかったが、屋外に続く扉を開けると、朝日が瞳孔を刺激して、額の傷口が疼《うず》いた。

表の通りからは想像もつかない緑豊かな庭を挟んで、二階建ての古い家屋があった。玄関に入ると、右手の扉の奥には昭和のドラマに出てくるような洋風の応接間が見えた。玄関から続く廊下は縁側になっていて、縁側に面して二間続きの広い和室があった。和室の奥の急こう配の薄暗い階段を上り、手前の引き戸を開けて、男は中にあごをしゃくってみせた。

「ここを使え。廊下の突き当たりの物入れに掃除用具が入っているから、適当に掃除しろ」

それだけ言ってさっさと階段を下りていこうとする男を、リオンは慌てて呼び止めた。

「あの、名前を訊《き》いてもいいですか」

男は面倒臭そうに振り向くと、薄く埃《ほこり》の積もった棚板の上に指先で「仲村大我《なかむらたいが》」と書いて階下に消えた。

異次元に放り出されたような心許なさを覚えながら、リオンは部屋に足を踏み入れた。しばらく使っていないらしい八畳ほどの部屋は、全体が埃に覆われ、古めかしい照明器具には蜘蛛《くも》の巣が張っていた。

「……お化け屋敷かよ」

ベッドの上の色褪せたパッチワークの布をめくると、埃が舞ってくしゃみが出た。

まずは掃除だ。

物入れから引っ張り出した掃除機は年代物すぎて、本当に使えるのか不安だったが、プラグをコンセントに差し込んでスイッチを入れると、甲高い音を立てて動いた。排気のせいで余計に舞い上がる埃に閉口しながら、それでも一心不乱に掃除をしているうちに、このところの行き場のない鬱屈が薄れ、しばし夢中になった。

部屋の中だけでなく、長い廊下や階段まで埃を取り、棚板の上の「仲村大我」という文字をもう一度読んでから掃除機で吸い取った。

仲村大我。つかみどころのない男だ。昨夜、「よそでやれ」と突き放してきた時の冷ややかな表情からして、警察に通報して終わりにすることもできたのに、なんの気まぐれで助けてくれたのだろう。

あるいは逆に、なにか企《たくら》んでいる？　ここに隠れていることを週刊誌に売るとか？　太らせてから大鍋で煮て食うとか？

ぼやけた想像を、まあいいやと頭の中で蹴散らした。もはやどん底。いまさら何が起こっても、どうでもいい。

曇った窓ガラスを雑巾で拭きながらふと見下ろすと、こぢんまりした庭の緑が目にしみた。

世間から逃げて隠れているのは同じでも、無機質で閉塞感のあるホテルの狭いシングルと、広い窓から明るい庭を見下ろせる一戸建てでは、まるで気分が違った。

湿った土と緑の匂いを、久しぶりにかいだ気がする。古い建屋と畳の匂いも、どこか懐かしくほっとした。

2

草をむしる手を止めて、リオンは立ち上がって背中を伸ばした。

大我《たいが》の家で居候を始めて、四日目。

特に何をしろとも言われていなかったが、借りを作りたくなくて、リオンは日々を家の掃除と庭の手入れに費やしていた。

軽作業で汗をかくのは気持ちよかったし、働いた分だけ達成感が得られるのが嬉しかった。

もちろん、芸能の仕事でかく汗だって気持ちよかったし、たまに褒められればそれなりの達成感もあった。でも、ダンスや演技が特に好きだったわけではないから、正解がわからなかった。誰かに必要だと言ってもらいたい一心で、方向のわからない迷路の中を彷徨《さまよ》っているようだった。

掃除にはちゃんと正解がある。磨けばガラスの曇りは取れ、生い茂った雑草を抜けば庭は見違える。自分にはこういう仕事の方が多分向いている。

再び屈んで草取りを続けようとしたら、店舗の裏口が開いて、大我が出てきた。昼休憩の時間らしい。

仕事中の大我はいつも、糊《のり》のきいた白いバンドカラーのシャツに、サスペンダー付きの細かいチェックのスラックスを合わせている。

短い期間だが芸能界に身を置いた身として、姿のいい男はたくさん見てきたが、さりげないけれど難易度が高いこの組み合わせがこんなにナチュラルに似合う男は稀《まれ》だなと感心する。

リオンの目の前で大我は足を止めた。長身の仏頂面には毎回威圧感を覚えるが、心臓がバクバク言い出したのは、別にそのルックスのせいではない。

今朝、大我が店に出て間もなく、大崎《おおさき》という若い男性医師が来て、抜糸をしていってくれた。リオンの前職を知っている様子の大崎は、眼鏡の奥でやさしく微笑《ほほえ》みながら、傷を完全に目立たなくしたいなら、美容医療の専門医を紹介すると言ってくれたが、断った。もう芸能の仕事に戻るつもりもない。顔などどうでもよかった。

まだテープは貼られていたが、抜糸が済んだことは大我も知っているはずだ。ここに置いてもらえるのは傷が治るまでという約束だった。リオンの心拍数が上がったのは、今日出て行けと言われるかもしれない不安ゆえだった。

しかし大我は、手に提げていたレジ袋をリオンに無言で渡し、まっすぐ母屋の方に向かった。

袋の中身は、苺《いちご》とアスパラガスだった。リオンは大我の背を追いながら訊《たず》ねた。

「またお客さんにもらったの？」

「ああ。素麺《そうめん》食べるか？」

「食べる」

北奥にある薄暗いキッチンで、大我は水を張った鍋をコンロにかけた。

この四日で、大我の日々のルーティンはだいたい理解した。

近隣のマダムの服を仕立てる仕事をしていて、一日の大半を店か和室のミシンの前で過ごしている。

顧客のマダムたちからは毎日のように、家庭菜園の野菜や、旅行の土産などの差し入れがある。

大我はあまり食に関心がないようで、朝はコーヒーだけ、昼はこれも貰《もら》い物だという大きな桐箱《きりばこ》に入った素麺を面倒そうに茹《ゆ》で、夜はウーバーという感じだった。

食への意識の低さはリオンも似たようなものだが、大我が茄子《なす》を洗いもせずに生のままかじっているのを見て、自分よりヤバい人がいると驚いた。

以来、差し入れの野菜はリオンが調理している。と言っても、洗って炒《いた》めるかレンジにかけるかの二択で、料理と呼ぶのもおこがましい。

アスパラガスは調理方法がわからなかったので、適当にカットして、油と塩を振ってレンジにかけてみた。苺はへた付きのままざっと洗った。

和室の座卓で、いつものように二人で黙々と素麺を啜《すす》った。

「うまいな、これ」

アスパラガスを一口食べた大我が、ぼそっと言った。

やった、褒められた！　……いや、素材の話かな。

いずれにしても、口数の少ない男の一言に、気持ちがふわっと上昇気流に乗る。

「素麺もおいしい」

リオンが言うと、大我は不機嫌そうに眉間にしわを寄せた。

「そんなもの、ただ茹でただけだ」

「茹で方がちょうどいい」

「偉そうだな」

「褒めてるんだけど」

「十年早い」

「なんでだよ」

大我と会話をするのは食事のときくらいだが、常にこんな調子だった。

今までの人生、だいたいいつも人に気を遣って生きてきた。顔色を窺《うかが》い、低姿勢で、どうやったら気に入ってもらえるのか、必要としてもらえるのかを考え巡らせながら。

それなのに、出会ったばかりの年上の男に、こんな口の利き方をしている自分が不思議だった。

出会い方が最悪で、いまさら取り繕っても仕方がないからなのか。それとも終始淡々とした大我のテンションに引っ張られているのか。

食後に苺を一粒つまんで、リオンは目を丸くした。

「うわ、めちゃくちゃおいしい！　甘いだけじゃなくて酸味もあって」

リオンの感想を聞いて大我は眉をひそめ、自分の皿をリオンの方に押し出してきた。

「こっちも食え。酸味のある果物は苦手だ」

「え、いいの？　俺、果物全般大好物。お客さんって苺農家の人？」

「いや、趣味で庭先のプランターで栽培しているらしい」

「プランターでできるの？　すごい！」

「そんなに気に入ったなら、苗を分けてもらえばいい」

「苗？」

リオンは苺を口元に運ぶ手を止めた。

植物のことはよくわからないけれど、苗というからには育てるのに多少なりとも時間がかかるのではないか。実がなるのは早くても次のシーズンだろう。

それまで自分を置いてくれるってことか？

期待に胸がうずっとして、すぐに我に返って自分の思考を否定した。

そうじゃない。大我は話の流れでなんとなく言っただけだ。厚かましい期待を悟られてはいけない。

リオンは苺を頬張りながら、話題を変えた。

「午後、ちょっと買い物に行ってきます」

ここに来てから一歩も外に出たことがなかったので、大我が訝《いぶか》しむような視線を送ってきた。

リオンは能天気を装って言った。

「キンパが目立ちすぎて社会復帰に支障があるから、黒戻し買ってくる。あと、服とかも足んないし」

いつまでも厚かましく居候を続けたりはしない。抜糸も済んだし、身なりを整えたら出ていきますよという姿勢をアピールする。

大我は面倒そうに頷《うなず》いて、店に戻っていった。

食事の片付けを済ませたあと、リオンは身支度を整え、縁側に下り立った。裏口からそっと店のドアを開けると、大我はトルソーに着せ付けた緋色《ひいろ》のジャケットに、真剣な表情で待ち針を打っていた。

お、かっこいい。いっぱしのデザイナーみたい。

外出の緊張をごまかす気持ち半分、心の中で茶化す。

実際、トルソーに向かう姿はかっこよかった。古い商店街の、時代に置いていかれたような洋裁店の中に立つには、いささかギャップがある。

小声で「行ってきます」と呟《つぶや》いて、仕事中の大我の脇を抜けて、店の外に出た。

通りを走る車の音。クラクション。まばらに行きかう人や自転車。

雑踏に身を置くと、急に心拍数があがってきて、キャップのつばを目深に引き下げた。

怖かった。

また誰かに気付かれるのではないか。

ほら、あの子。例のストーカーじゃない？

俳優を追い回してたっていう？

多様性を認める時代と言いながら、男性俳優を男性アイドルがストーキングしたというニュースは色眼鏡で見られ、世間の好奇心をくすぐった。

そもそも、ストーキングなんかじゃなかったのに。距離を詰めてきたのは木島《きじま》の方で、なにかと構ってくれる木島をリオンも兄のように慕っていたというだけ。自分に注がれる好意を失いたくなくて、身体の関係も悩みながら受け入れて……。

でもそれは自分が脳内で作り上げた言い訳なのだろうか？　木島の事務所や世間が言うように、ストーキングしていたのは自分だったのか。

母親に放置され、新しい家族にも受け入れられずに終わった。問題があるのはリオンの方なのだろうか。

まるで夢の中でもがくように足取りは重く、やがて前に踏み出せなくなった。

店に入って買い物をするなんて、とても怖くてできそうにない。

ポンと肩を叩かれ、リオンは恐怖に飛びのいた。

定まらない視線を背後に向けると、不機嫌そうな顔をした大我が立っていた。

「鎌」

ぶっきらぼうに男は言った。

「え？」

「出しっぱなしで、危ないだろう。踏んだらどうするんだ」

「あ……ごめんなさい」

「草取りなんか頼んでないが、やるならやるで最後まで終わらせてから、次のことをしろ」

そう言うと大我は、リオンのパーカのフードを摑《つか》んで、店の方へと歩き出した。

確かに、まだ草取りの途中だったので、鎌を物置に戻してはいなかったが、危なくないようにカバーをかけて縁側の下に仮置きしておいた。力ずくで連れ戻されるほど悪いことをしただろうかと、ちょっと反抗心がわく。

「……猫じゃないし、自分で歩きます」

大我はじろりと横目でリオンを見た。

「野良猫みたいなものだろう」

そう言われると否定できない。店の前で盛りのついたオス猫たちに絡まれて行き倒れ、見兼ねて拾ってくれた相手にシャーッと牙を剝《む》いて見せた自分は、確かに野良猫だ。

店の中にリオンを押し込むと、大我はぼそっと言った。

「俺もあとで買い物があるから、必要なものがあればついでに買ってきてやる。スマホに送信しておけ」

「え……」

「そういえば連絡先の交換をしてなかったな」

大我に目で促され、リオンはポケットからスマホを取り出した。マスクのせいで顔認証が反応せず、もたもたとパスコードを打つリオンを、大我は面倒そうに見下ろしていた。

メッセージアプリで連絡先を登録すると、大我はなにごともなかったようにトルソーに向かって仕事を再開した。邪魔にならないように、リオンはそっと母屋の方に戻り、縁の下に置いてあった鎌を取り出した。

こんな奥に置いてある鎌を、踏むなんてありえない。

リオンは店の方を振り返った。

まさかリオンがパニックで立ちすくんでいるのを見兼ねて、鎌を口実に連れ戻してくれたのだろうか。

店を出たあと、様子を窺っていたってこと？

ありえない。そんな面倒見のいい男とは思えない。

だが、そもそも店の前で気を失ったリオンを、警察に通報するでもなく家に入れ、今日まで匿《かくま》ってくれているのだ。あのそっけなくぶっきらぼうな態度のせいで冷たく見えるけれど、行動は最初から充分親切だ。

心の中に小さな明かりが灯《とも》る。手をかざしたらほんのりと暖が取れそうな、小さな灯《ともしび》。

リオンは慌ててその灯を踏み消した。

期待してはいけない。甘えてはいけない。信じてはいけない。

そんな気持ちを持つから、ひどく傷つくし落胆するのだ。

でももし、まだしばらくここに置いてもらえるなら、甘えじゃなくて現実的な方策として、ちゃんと何かを考えよう。

何かってなんだ？　人に迷惑をかけずに、人に期待して裏切られることもなく、一人でひっそり生きていくスキルとか？

よくわからないけれど、とりあえず期待しないためには、貸し借りなしの関係でいなくては。

まずはできることから。

日が傾くまで、リオンは草取りに没頭した。

突然の訪問者と鉢合わせしたのは、夕暮れの中、草取りの後片付けをしていた時だった。

店の裏口から、大我にしては小柄なシルエットが踏み石を渡ってきた。庭木の陰から縁側の明かりの下にぱっと顔を現したのは、大きなエコバッグを下げた黒のサロペット姿の若い女性だった。

くりくりとかわいらしい目を見開いて、白い歯を見せる。

「ホントに黒谷《くろたに》リオンだ！」

リオンは竦《すく》み上がった。

雑誌の記者か？　それともテレビリポーター？　またあることないこと騒ぎ立てて、リオンを更に追い詰めてくるつもりだろうか。

背後からぬっと大我が現れて、女性の手から重そうなエコバッグを奪い取った。

「野良猫を脅かすな。恐怖で固まってるだろう」

「え、やだ、ごめんなさいね。つい感動して」

女性は両手を合わせて、謝るようなしぐさをした。

「仲村《なかむら》がお世話になっているみたいで、ありがとうございます」

女性の言葉に、縁側から和室に上がって座卓の上にエコバッグを置いた大我が、不機嫌そうに眉をひそめた。

「世話してるのはこっちだ」

「なにが世話よ。大《たい》ちゃんは家事音痴で、アイロンがけ以外なにもできないくせに。アイドルさんに草むしりなんかさせて、綺麗なお肌が日焼けしちゃうじゃないの」

「そいつが好きでやってるだけだ」

二人がポンポン言い合うのを面食らって眺めていると、女性は我に返ったようにリオンに向き直った。

「自己紹介もしないでごめんなさい。仲村の妻の木之下有菜《きのしたありな》です」

さらっと言われた言葉に、一瞬頭の中が真っ白になった。

妻？

肩先で揺れるセミロングの髪が明るい笑顔を縁取るこの女性が、大我の妻？

耳鳴りみたいな音がして、リオンは訝る。

なんだろう、この感じ。この感情。まるで自分はひどくショックを受けているみたいだ。

わけがわからない。大我が既婚者だったからって、ショックを受ける理由などなにもない。

混乱した頭でぐるぐる考えを巡らせる。

いや、これはショックというより、驚きだ。

そこはかとなく世捨て人みたいな雰囲気のぶすっとしたこの男が、まさか妻帯者だったなんてという驚き。そうに違いない。

縁側の沓脱石《くつぬぎいし》の上でサンダルのストラップを外しながら、有菜がリオンの視線を訝しむように顔をあげた。

「どうしたの？」

「……あ、いえ、大我さんに奥さんがいたなんて、びっくりして」

有菜はうふふと少女のように笑った。

「正確には、元妻だけどね」

「元……？」

そういえば大我とは苗字《みょうじ》が違っていた。

「そう。三年前に別れたの」

軽い口調で言うと、有菜は座卓に歩み寄り、エコバッグの中からタッパーを取り出して、大我の前に並べてみせた。

「こっちは冷蔵庫で四、五日ね。これとこれは冷凍しておけば一か月くらいは大丈夫。パンは焼き立てだから、今晩カチャトーラと一緒にどうぞ。サラダもね」

手作りの総菜を届けにきたらしい有菜に、大我は眉間にしわを寄せた。

「そういうのはいいって、いつも言ってるだろ」

「ダメ。放っておくと大ちゃんはカスミしか食べないんだから。それに、別れてあげる代わりに、一人で偏屈な暮らしを続ける限りは身の回りのおせっかいを焼かせるのが、離婚の条件だったでしょ」

なにやらわけありげな関係性だ。聞いてはいけない話なんじゃないかと、そっとその場を離れようとしたら、大我が縁側から下りてきた。

「俺はまだ向こうでやることがある。暇ならこの野良猫に夕飯を食べさせておいてくれ」

誰が野良猫だよ、と突っ込めるほど強気でもなく、でもスルーするのもしゃくに障って、すれ違いざまに小さく「シャーッ」と威嚇音を発してみたら、大きな手で猫をいなすみたいに頭をぐしゃっとやられた。一瞬の接触だったけれど、髪の毛と同じくらい心臓も頭の中もなんだかぐしゃぐしゃになった感じがした。

その様子を見ていた有菜が、店の方へと戻っていく大我を目で追いながら、口元を緩めた。

「仲良しさんね」

「……ただの野良猫扱いです」

「野良猫かぁ。ねえほら、強面《こわもて》の不良が雨に濡《ぬ》れた子猫をこっそり拾ったりして、実は根はやさしい、みたいなお話あるじゃない？　でもここ数年の大ちゃんは、瀕死《ひんし》の小動物も見捨てそうな雰囲気だったのよ。拾ってもらえるなんて、すごいことよ」

どう受け取ればいいのか困惑しながら、乱れた髪を直していると、有菜が縁側に近づいてきて、リオンの髪に手を伸ばした。

「そんな手で髪を触ったら、余計に汚れちゃうわよ」

おかしそうに髪から草の葉をつまみとる。

ここしばらく、人との接触に怯《おび》えて生きてきたのに、大我の身内だとわかったからなのか、有菜に対しては怖さを感じなかった。

「シャワー浴びてきたら？　その間に食事の準備をしておくわ」

リオンは素直に頷いて、風呂場に向かった。タイル貼りのレトロな風呂場の鏡に映った顔は、少し赤くなっていた。草取りで日焼けしたせいなのか、それとも別の理由なのか。

汗と汚れを洗い流して和室に戻ると、有菜が座卓にカトラリーを並べながら、鼻歌を歌っていた。

聞き覚えのありすぎるそのフレーズは、ＳＮＳでプチブレイクしたパラソルの曲だった。

リオンの姿を目にすると、有菜はぱたっと歌をやめた。

「あ、ごめんなさい。つい好きな曲だったから」

その謝罪で、自分の過去は表立って触れてはいけない禁忌なのだと改めて思い出す。先輩俳優をストーキングして干されたことになっている自分のことを、有菜はどう思っているのだろう。

突っ立っているリオンを、有菜はしげしげと見つめてきた。

「傷、もう痛くない？　前髪をおろせばほとんど目立たなそうだし、とりあえずよかったわね。ほら、座って」

サラダと、湯気のあがる鶏肉《とりにく》の煮込み料理の皿の前に座布団を引き寄せて、ポンポンと叩きながら、快活な声で続ける。

「大ちゃんから『この顔に見覚えないか』って写真が送信されてきたときは驚いたわ。あの黒谷リオンが血まみれの顔で目を閉じてて。いったいどんな大事件が起こったのかと思って、震え上がった」

「すみません」

「ううん。初見の衝撃度の割に、大したことなくてよかった。大崎くんの縫合、結構上手ね」

「……大崎先生？　有菜さんの知り合い？」

「そう、幼馴染《おさななじみ》。駅向こうの、大崎消化器内科・肛門科の跡継ぎ」

「肛門……」

有菜は無邪気に笑う。

「リオンくんにとっても、大崎くんにとっても、ちょっとした持ちネタになるわね。あ、もちろん大崎くんはそんなこと触れまわる人じゃないから安心して大丈夫よ」

キッチンからレンジの電子音が聞こえてきて、有菜は弾むようにキッチンに立った。きっと無意識なのだろう、またパラソルの曲をハミングしている。もう芸能活動のことは何も思い出したくないと思っていたのに、不思議と嫌な気持ちはしなかった。

温めたパンの載った皿を手に戻ってきた有菜は、リオンの向かいに座って、いたずらっぽく笑った。

「仕事人間のことは放っておいて、食べましょ」

半日庭仕事をしてお腹《なか》が空《す》いていたので、リオンは「いただきます」と素直に食事に手を付けた。

サラダもカチャトーラも、ちょっといい店で食べるような味で、とてもおいしかった。手の込んだ煮込み料理はともかく、サラダは、ここにきてから何度か貰い物の野菜でリオンも作った。生野菜を洗ってドレッシングをかけるだけの料理なのに、どうしてこんなに味が違うのだろうかと目を瞠《みは》る。ドレッシングが特別なのかな。

「めちゃくちゃおいしいです。プロみたいな味」

「実はプロなんです」

「え、マジで？」

「まあひよっこのプロだけど。本業は雑貨屋。週に三回、お店で料理教室を開いているの」

「すごい」

「雑貨屋だけでは生活していけないから、苦肉の策でね」

本音なのか謙遜なのか、そんなふうに言いながら楽しそうに笑う。

大ちゃんの分はちゃんとあるから大丈夫、と有菜が言うので、パンのお替わりもさせてもらった。

「ちょっと安心したな」

パンを頬張るリオンを見つめながら、有菜が言った。

「送信されてきた写真を見たときには、正直リオンくんのこと息してないのかと思っちゃったけど、すっかり元気そうだし。それに、そんなわけで瀕死の小動物も見捨てる大ちゃんが、こ

んな大動物を可愛《かわい》がってるなんて。人間の心を取り戻したのかしらね」

「……可愛がられてはいないです。渋々置いてもらってるだけで」

「あの人が保護しようって思った段階で、もう相当可愛がられてるわよ」

有菜は身を乗り出して、秘密を打ち明けるような口調で言った。

「ああ見えて、一度懐に入れた相手には親切だし、意外と押しに弱いところあるから。困ったときには甘え倒すと、案外おねだりを聞いてくれたりするわよ」

そう言う有菜はどんなおねだりをしてきたのだろうかと想像してみたが、不毛なのですぐにやめた。

逆に自分はなにかねだりたいことがあるだろうかと考えたが、思い浮かばなかった。

今まで、あまり何かを欲しいと思ったことがなかった。

いや、そうじゃない。ものすごく欲しいものは一貫していた。誰かに必要とされること、愛されること。それこそがリオンの欲するものだった。

でも、それを手に入れるためにリオンがしてきたのは、おねだりどころか真逆のことだ。必要としてもらうために、自分を殺し、相手に気に入られるように合わせて、他人軸で生きてきた。結果として、なにひとつうまくいかなかった。伯父の家族には疎まれ、芸能界でも何がやりたいのかを見極められないまま、心の隙につけいられて、裏切られた。

どれも多分、相手が悪いわけじゃなかった。自業自得だ。

「リオンくん？　どうしたの？」

手にしたフォークの先をじっと見つめながら考え込んでいたら、有菜が怪訝《けげん》そうに声をかけてきた。

「……いえ、サラダがすごくおいしくて。自分で作るのと何が違うのかなって」

適当に話をはぐらかす。実際、思っていたことでもある。

有菜は嬉しそうに微笑んだ。

「ありがとう。コツっていうほどのことじゃないけど、とにかく野菜の水気を、しっかり取ると、ドレッシングのからみが全然違うから、今度作るとき試してみて」

「水気、ですか」

「そう。それから、こうやってボイルしたお肉系をのせるときは、少し下味を絡めておくのも、ポイントかな」

必要に迫られて最低限の自炊経験はあるが、よりおいしく食べるコツなんて考えてみたこともなかった。

大我とは対照的に、有菜はよくしゃべり、よく笑った。リオンが気楽に相槌《あいづち》を打っていればいいようなふわっとした話を無理なく続けてくれて、居心地がいい空気を作ってくれる。

二人でデザートのパンナコッタまで食べ終えると、有菜は庭越しの店の方を振り返った。

「毎晩あんな調子？」

「そうですね。お店かここで、ずっとミシンを動かしてる感じです」

「相変わらずだなぁ。まあでも、仕事に打ち込む元気があるのはいいことだね」

離婚した相手の仕事場を見つめる目があまりにも慈愛に満ちていて、なんだか不思議な気持ちになった。

「どうして別れちゃったんですか?」

気が付いたら、脳内に浮かんだ疑問が口をついて出ていた。

「え?」

有菜が驚いたような丸い目をリオンの方に向けた。

「あ……すみません、初対面なのに失礼なことを……」

「全然。なんでも訊いて?」

「……なんていうか、離婚したのに身の回りの世話をしに通うって、あんまり聞かない話だから、なんでかなって」

母を捨てた遺伝上の父親とは一度も会ったことがないから、別れたカップルなんてそういうものだと思っていた。結婚とは違うけれど、伯父一家や事務所の人たち、木島など、一度は望まれながら最終的に関係が悪化した人たちとは、リオン自身もう二度と顔を合わせたいとは思わない。

だから、離婚しても定期的に相手の家に通い、フランクに接する有菜が不思議だった。

有菜はちょっと困ったように微笑んで言った。

「まあ、嫌い合って別れたわけじゃないから」

「……嫌いじゃないのに、別れちゃったんですか？」

「好き合って結婚したわけでもないからね」

謎めいた笑みを浮かべる有菜はとても魅力的で、自分の恋愛対象が女の人だったら、こんな人に惹《ひ》かれていたような気がする。

有菜の言っていることはややこしくてよくわからなかったけれど、それ以上つっこんで訊くほど不躾《ぶしつけ》にはなれなかった。

リオンはまだ本気の恋も知らないし、ましてや結婚なんて遠い空の星くらい自分とは距離のある事象だった。きっと大人の世界には、色々なことがあるのだろう。

「また寄ってもいいかな？」

食卓を片付けながら、有菜が言った。

「もちろんです。……って俺が言うのもおこがましいけど。早く出ていかなくちゃいけない立場なのに、すみません」

「何言ってるのよ。家主が許可してるんだから、大きな顔していればいいのよ」

「許可っていうか、嫌々置いてくれてるだけで、迷惑してると思います。いつもむすっとしてるし」

有菜はおかしそうに店舗の方に視線を向けた。

「あれが素なのよ。ツンデレってやつ？　おそらく本人も、見せかけと本心の乖離《かいり》に苦労してると思うから、せいぜい弄《もてあそ》んであげて」

そんな高度なことができるわけもなかったが、つられてつい笑うと、有菜が嬉しそうな顔をした。

「初めて笑ってくれたね。めちゃキュート」

指摘されたらきまり悪くなって、慌てて口角を下げる。

「ごめんごめん、余計なこと言ったね」

「……いえ」

「事情はよくわからないけど、色々大変だったわね」

一方の有菜は、今日初めて笑顔を引っ込めて、静かな声で言った。

「あんな調子でわかりにくいとは思うけど、案外大ちゃんがいちばんリオンくんのことを理解できる人だと思うよ？　しばらく羽を休めて、ここでゆっくりしてたらいいよ」

そう言って、またぱっと笑顔に戻る。

「なーんて我が物顔で言ってみたけど、ここは私の家でもなんでもないのにね」

網戸越しに入ってくる春の終わりの風は、しっとりと生暖かくて、まだ少し湿っているリオンの髪をやさしく揺らした。

3

戦前に建てられたという大我《たいが》の家は、古いながらも建物の要所要所に度々手を入れられた形跡があり、長く大切に使われてきた様子がうかがえた。

とはいえ、ここしばらくは大我の一人暮らしのようで、使われていない部分は埃《ほこり》をかぶっていた。

居候のお礼と、時間つぶしを兼ねて、リオンは毎日家のあちこちを掃除してまわった。勝手にあれこれされるのが不快なら、大我ははっきり言うだろうから、なにも言われないのを無言の肯定と解釈して、好きなようにさせてもらった。

乱雑に押し込まれた納戸のものを、埃を払って綺麗《きれい》に収納しなおす作業は、自分の気持ちが整うようで楽しかったし、風呂場や洗面所のタイルの目地を磨くのは、無心になれて落ち着いた。庭の散水栓の流し台に詰まった落ち葉を掃除したり、濡《ぬ》れ縁の床板を磨いたり、探せば際限なくやることがあった。

無理矢理やることを探して動き回るリオンを見兼ねたのか、それとも見所があると思ったのか、休憩に戻ってきた大我が声をかけてきた。

「そんなに働きたいなら、俺の仕事を手伝うか？」

「え、俺が服を縫うの？」

「千年早い。まずは雑用からだ」

大我は押し入れから洋裁道具の入った木箱を取り出し、畳の上に柄物のサマーウールの生地を広げた。

「布地のゆがみを取るために、まずは地直しをする。こうやって横糸を引っ張って、まっすぐになるようにカットしてから、スチームアイロンでゆがみを整える」

「なるほど」

「それは縦糸だ。引っ張るのはこの糸」

布の端をやみくもに探るリオンに呆《あき》れたように、大我が後ろから手を出してきて、リオンの手を糸端に持っていく。

なぜか心拍数があがりそうな自分に焦って、間近に感じる大我の体温から意識を逸《そ》らす。

確かに、大我の仕事を手伝えるようになったら一石二鳥だ。恩を返せるし、リオンにとってもここにいる大義名分が立つ。

今まで洋裁なんてやったこともなかったけれど、やってみたら意外な才能が隠れていて、大我の得難い片腕になれたりして？

だが、一時間もたたずに、その希望は潰《つい》えた。いくら教えてもらっても、地直しがうまくいかない。じゃあ印付けをやってみろと言われたが、それも一向に要領を得ず、なにより全然面白くない。タイルを磨いている方が、よっぽどワクワクするし楽しい。

いや、楽しいとか面白いとかじゃない。これは仕事で、うまくいけば店で使ってもらえるかもしれないいんだから、頑張らないと……と、一生懸命大きな布地を振り回してみたが、やがて大我に取り上げられた。

「もういい。まったく適性がないようだな」

「そんなすぐに、適性とかわかるわけないよ。遅咲きの才能かも」

「才能云々《うんぬん》の前に、そもそもこの仕事に興味がないだろ」

「う……」

言い当てられるとぐうの音も出ない。

「……ごめんなさい」

リオンはぼそっと謝った。これではむしろ自分の首を絞めて、追い出される日が早まっただけではないか。

大我は布を畳み直しながら、そっけない口調で言った。

「別におまえが謝ることじゃない。野良猫に適性のないことをやらせてみようとした俺が悪かった」

悪かったなんて微塵《みじん》も思っておらず、嫌味で言っているのが伝わってくる口調だった。

「そんなに悪かった感のない口調で悪かったって言えるのって、すごいですね」

つい言わずもがなのことを言ってしまったら、大我が目を丸くしてこちらを見た。

あ、ヤバい。居候の身で、嫌味に嫌味で返すとか、完全にやらかした。

生まれつきこんな性格だったわけではない。伯父の家に引き取られた当初は、子供ながらに必死で気を遣ったものだ。ご機嫌取りみたいなことを言ってみたり、おもねるような行動をしたり。少なくとも中学生くらいまでは、気に入って欲しくて必死だった。

木島《きじま》に対してだってそうだ。年上のやさしい先輩の好意に、自分なりに一生懸命応えようとした。

でも、結果はひどいものだった。

気を遣ったり誠意をみせたりすることが、怖くなっていた。人を信じ、心を尽くして裏切られたり嫌われたりする痛さを、何度も味わってきた。それを再び味わうのが怖かった。

最初から嫌なやつでいれば、傷つくことはない。世話になっている恩返しにと、頼まれてもいない掃除に励んでいる時点で、完全に嫌なやつになり切れていないのはともかくとして、殊勝さのない言動でふてぶてしく振る舞ってみせるのは、自己防衛のあがきで、弱さの裏返しでもあった。

それはしかしリオンの事情であって、大我にしてみれば、居候させてやっている相手につっかかられるいわれはないわけで。

謝ろうかと口を開きかけたら、大我がふっと微笑《ほほえ》んで、リオンの髪を乱暴にがさっとかき混ぜてきた。

「本当に生意気な野良猫だな」

「あの……」

「そこ、片付けておいてくれ」

言いおいて、大我は店の方に戻っていってしまった。

リオンは詰めていた息をふうっと吐いた。

怒らせたかと思ったのに笑っていた。さっぱりわからない男だ。

とりあえず、今すぐ出ていけとは言われなかったことに安堵《あんど》して、ハサミやメジャーなどを道具箱に戻した。

年季の入った箱の中には、リオンにとっては見慣れない不思議な道具が色々入っていた。ゴムバンドのついたピンクッション。アイスピックのようなものや、ピザカッターのようなもの。曲線を模《かたど》った不思議な形状の定規。

定規の片隅に、見覚えのあるロゴが刻印されていた。

ＴＡＩＧＡという横文字の最初のＴが虎のシルエットに囲まれている印象的な文字。

リオンが中学生の頃に話題を攫《さら》っていた、新進気鋭のデザイナーのロゴだった。

テレビのニュースショーで度々取り上げられて、伯母と従妹《いとこ》が騒いでいたから、ファッションになどまるで興味がなかったリオンの記憶にもはっきりと残っている。

有名デザイナーの元で修業中だった若いデザイナーが、当時従妹が好きだったロックバンドの衣装を手掛けて、その斬新さが衆目を集め、ロンドンだかどこだかのコレクションにも参加したとかで、ひととき話題になっていた。新進気鋭のイケメンデザイナーの顔は連日テレビを賑《にぎ》わせていたが、なにぶん興味のない話題だったから、その容姿などはまったく記憶になかった。

ロゴを鮮明に覚えていたのは、パラソルのメンバーの一人が、そのロゴの入ったTシャツを着ていたことがあったからだ。別のメンバーがそれを指さして、『最近、見かけないな』などと言って、ひとしきりTAIGAの話題で盛り上がっていた。

まさか、大我があのTAIGAだってこと？

耳慣れたミシンの音が聞こえてきて、リオンは店の方を振り返った。

こんなところに引っ込んで細々と洋裁店を営んでいるということは、華やかな一線からは退いたということなのか。

ふと、この間の有菜《ありな》の言葉を思い出した。

『案外、大《たい》ちゃんがいちばんリオンくんのことを理解できる人だと思うよ？』

あれは、どういう意味だったのだろう。

表舞台から理不尽に転落したもの同士ってこと？

ＴＡＩＧＡの経歴を調べようとスマホを手に取ってみたが、検索エンジンを開けずに固まる。自分のスキャンダル以降、誹謗《ひぼう》中傷や興味本位の記事を目にするのが怖くて、ネットに触れることができなかった。

大我が本当にＴＡＩＧＡで、もしなんらかの大きなスキャンダルに巻き込まれたのなら、当時、世間の話題になっていただろう。特に耳にした記憶がないということは、本人の意志か時代の潮流か、とにかく世間的には非公表の理由でふわっとフェードアウトしたのだろう。

いずれにしても、今までただの機嫌の悪い男だと思っていた大我が、急に身近な存在に感じられた。

華やかな世界からフェードアウトしたもの同士の気まぐれな同情を、大我もリオンに感じてくれて、だから拾ってくれたのかもしれない。

「こんにちは。ちょっとお邪魔さま」

突然縁側から声をかけられて、リオンはぎょっとして曲線定規を取り落とした。くすんだ臙《えん》脂《じ》のカーディガンにエプロンをかけ、首からタオルを下げた高齢の女性が、縁側からこちらに身を乗り出していた。

「大我くんから、お友達が私の苺《いちご》をとってても褒めてくれたって聞いてね。果物が好きなんですってね。よかったらブルーベリーもどうかしら？　今年は豊作なのよ」

紫の実がぎっしり詰まったポリ袋を、ガサガサと振って見せる。

「あ……えと、ありがとうございます」

恐る恐る近づいて、縁側に膝をついて袋を受け取る。

リオンの顔を見て、女性はしわの入った目元を丸く見開いた。

身バレしたかとヒヤヒヤしたが、

「まあ、綺麗な髪ね。外国の方？」

のどかな問いかけが返ってきて、身構えた身体《からだ》から力が抜けた。

そもそも、リオンの存在が世に知れ渡ったのは木島とのスキャンダルのせいで、アイドルとしても俳優としてもまだまだ半人前だったリオンの知名度は、ごく限定的なものだった。

「いえ、これは染めてます」

「まあ、そうなのね。いまどきの子は自由で素敵ね。お近づきに、お名前をうかがってもいいかしら？」

それでもなんとなくフルネームを口にできずに、「リオンです」と下の名前だけぼそっと告げた。

「リオンくん。まあ、お顔にピッタリなハイカラなお名前ね。私は麗子《れいこ》。麗しの子って書くの。こんなおばあちゃんが麗しなんて、笑っちゃうわよね」

麗子はタオルで首の汗を押さえて、お店の方を目で示した。

「今日は仮縫いの合わせに来たんだけど、暑くなったわねぇ」

じゃあまたね、と気さくに手を振って、店の方へと向かった。

リオンはポリ袋のブルーベリーと、麗子の後ろ姿を見比べた。

果物好きだと知って、わざわざ届けにきてくれるなんて。

袋の中の作り物みたいにかわいらしい実を、ひとつつまんで口に運ぶと、甘酸っぱい果汁が奥歯の間からじゅわっと弾《はじ》けた。

ブルーベリーってもっとぼやけた味の果物だと思っていた。採れたてはこんなにおいしいものなのか。

そういえば、咄嗟《とっさ》のことだったから、この間の苺のお礼も言い損ねてしまった。

リオンは台所に行くと、グラスに氷を入れて、麦茶を注いだ。盆にのせ、サンダルをつっかけて、店舗の裏口のドアをそっとあけた。

「あの、よかったら冷たいお茶を……」

大我が、怪訝《けげん》そうに振り向く。

「どうした、気が利くな」

「ブルーベリー、ありがとうございます。一粒つまんだらすごくおいしくて……」

大我の背中の向こうの姿見の前に立つ麗子に声をかけて、リオンは思わず目を瞠《みは》った。

グレーヘアの小柄な女性は、確かにさっきと同一人物のはず。だが、雰囲気が全く違う。

くすんだ色のカーディガンにエプロンをかけた姿は、その年代のごく一般的な雰囲気で、それはそれで感じのいいおばあちゃんという感じだったが、緋色《ひいろ》のスーツを身にまとった麗子は品格があって、ぱっと花が咲いたようだ。決して細見えするデザインではないのに、体形がスタイルアップしたように見える。

「うわぁ、すごいきれい」

トレーを持ったまま思わずつぶやくと、麗子の顔が艶やかに華やいだ。

「あら嬉《うれ》しい。いい歳《とし》のおばあちゃんが、ちょっと派手すぎやしないかと思ったんだけど、大我くんがこの生地を勧めてくれたのよ」

「すっごくお似合いです。髪色と肌の色が引き立って、ハリウッドセレブみたい」

「まあまあ。ブルーベリーひとつでそんなに褒めてもらえるなんて、次は鉢ごと持ってこなくちゃね」

「違います、ブルーベリーをいただいたからじゃなくて、……あ、この間の苺もめちゃくちゃおいしかったです」

今度こそ忘れまいと口走ってから、いやこのタイミングじゃないだろうと自分にツッコミを入れる。

案の定、麗子は愉快そうに笑いだした。

「もうすぐ杏《あんず》が熟すから、持ってくるわね。じきにスモモも生《な》るわ。この調子でいくと、柿をお届けする頃には、プロポーズしてもらえるかもしれないわね」

タイミングが悪かっただけで、決して果物目当てで褒めたわけではないのだとあたふたしていると、視界の端で大我がぷっと噴き出したように見えた。

え、とそちらに目をやると、すでにいつもの仏頂面に戻っている。

ジャケットの肩をつまんでピンを打ちながら、大我は鏡越しの麗子に言った。

「彼の言う通り、この色味は麗子さんだからこそ着こなせる唯一無二のカラーです」

「あら嬉しい。若い子たちにこんなに持ち上げてもらって、いい気分にさせてもらって。特別料金をお支払いしなくちゃね」

冗談に紛らわせながらも、麗子の表情はますます輝き、大我が何か所かピンで手直しすると、スーツは更に麗子を美しく引き立てた。

若作りさせるのとは全然違う。若い子だったら、細見えとか着痩せにこだわりそうだが、麗子がまとった服はむしろ身体のラインをふんわりとさせて、決して過剰な若作りにはならず、重ねてきた年輪を美しさに変えていた。

大我が毎日熱心に仕事をしているのは知っていても、形になったものをちゃんと見るのは初めてだったから、ただただ感動した。

真剣な顔で仮縫いの検分をする大我を眺めながら、時代の寵児《ちょうじ》だったＴＡＩＧＡが表舞台を去ったのはどうしてなんだろうかと考える。

師匠と揉《も》めたとか？　それはあるかも。この不愛想な性格は敵を作りそうだ。上司とか同僚と揉めて飛び出したと想像すると、すごく納得がいく。

「何を頷《うなず》いてるんだ？」

急に大我に声をかけられて、ハッと我に返る。

「いや、その襟を修正した感じ、すごくいいなと思って。うんうん」

適当なことを言って、テーブルに麦茶を置くと、そそくさと母屋に引き返した。

理由はともあれ、一線を退いたあとも、大我はこうして一人で服を作る仕事を続けている。相手が人気バンドでも、世界のコレクションでも、近所のおばあちゃんでも関係ない。きっと大我はこの仕事が好きで、天職なのだ。

自分はどうなのだろう。誰も見ていなくても、自分のために踊りたいとか、演じたいとか、それほどの熱意を前職に持っているかと訊《き》かれたら、答えはノーだ。

誰かに必要だよと言って欲しくて、でもその方法がわからなかった。

ファンがついて応援してもらえるのが嬉しくて、自分なりにダンスも演技も頑張ったつもりだが、それは手段に過ぎず、やりたいことでも好きなことでもなかった。

大我さんは不愛想でつかみどころのない人だけど、すごい人なんだな。

そんなことを考えながら、いったんしまいかけた道具箱の中身を全部取り出して、リスペクトを込めて埃や糸くずを掃除した。

リオン自身はどうやら洋裁には興味を持てそうにないが、道具類を眺めるのは楽しかった。鹿の角みたいなへらや、革製の指輪みたいなものは何に使うのだろうかと想像したり、糸巻にまかれた様々な色や太さの糸を並べ直したり。

こういう道具で、あの素敵な服を生み出すなんて、まるで魔法道具だ。

自分はその魔法使いの屋敷に迷い込んだ市井《しせい》の人間。弟子にはなれなそうだけど、小間使いくらいにはなれるかな。

道具箱をきれいに整理整頓してから、リオンは台所に向かった。

有菜が冷蔵庫をいっぱいにしていってくれたので、このところ食生活が充実していたが、そろそろ作り置きも尽きてきていた。残っているのは、蒸し鶏《どり》と、お客さんにもらった家庭菜園のレタスとトマト。それからお昼に炊いたご飯。

おにぎりと、主菜を兼ねたサラダなら、リオンにも作れそうだ。

レタスを洗って、有菜に教わった通りにしっかり水気を拭きとる。蒸し鶏を手で割いて、ポン酢とごま油を絡めてみた。

サラダなんて、生野菜をそのまま食べるだけのこの世で一番簡単な料理だと思っていた。でも、丁寧に作ろうと思えば、それなりに手がかかる。

ふと、伯父の家での食事を思い出した。いつも品数豊富な食卓だった。伯母の冷淡な態度や、居心地悪さばかりが強く記憶に残っているが、四人家族プラス厄介者のためにあれだけのものを毎食作るのは、きっとすごく大変だったろうなと今更ながら思った。

だからといって、あの家に戻って伯母の手料理をどれほど称賛しようとも、溝が埋まるというものでもない。

人生で岐路に立った時、いや、そんな大げさなことではなくても、日常のあらゆる選択は、必ずどちらかが正解のゲームとは違う。どちらを選んでも、どんなアプローチをしても、うまくいかないことがままある。

ことによったら、生まれてきたこと自体が失敗って場合もあるかも。

そんなことを考えながらおにぎりを握っていたら、背後から声をかけられた。

「いったい何人分だ」

「え？　……あ」

冷凍しておくつもりで昼に炊いたご飯を、気付けば全部おにぎりにしていた。

「……おかずがサラダしかないから、おにぎりパーティーでいこうと思って」

ぼけっとしていてつい、と素直に言えないひねくれた性格に自分で呆れながら、サラダとおにぎりを和室に運んだ。

「麗子さん、もう終わったの？」

「ああ」

手を洗って座卓の前に座った大我と、頂きますとぼそぼそ言い合って、箸を取る。

サラダを一口二口食べて、大我は上目遣いにリオンを見た。

「どうした、これ」

なにか問題でもあったかと、リオンは思わず身構えた。

「どうしたってどういう意味？」

「うまい」

「え、やったー。この前、有菜さんに教えてもらった裏技使った」

おいしいと言われれば、悪い気はしない。ちょっと嬉しくなっていると、おにぎりをかじった大我が今度は眉をひそめた。

「硬い」

「え」

「しかも味がしない」

「あ、塩つけるの忘れた」

考えごとをしながら料理をしてはいけないなと思いながら、リオンもおにぎりをひとつ頬張った。

「硬っ！　うわ、なにこれ。米粒潰れてごはんのおいしさ皆殺し」

これは大反省だ。サラダもおにぎりも、ものすごく簡単そうなのに奥が深い。

食事中にマナー違反だと思いつつも、スマホでおいしいおにぎりの作り方を検索してみる。

「うわ、おにぎりって握っちゃだめなんだって。軽く三回、押さえるだけって、それもうおにぎりっていう名前自体が間違いって話じゃない？」

失敗のきまり悪さをごまかすように、つい饒舌《じょうぜつ》になってしまう。

そんなリオンを無表情に見ながら、大我は言った。

「無理に料理なんかしなくていい」

リオンはぶんぶん首を振った。

「無理じゃない。やりたくてやってる。……失敗作を食べさせられるのが苦痛なら、もうやめておくけど」

「苦痛になるほどの失敗でもない。次はせめて塩味くらいつけろ」

そう言いながら、大我は二個目のおにぎりに手を伸ばした。

「……うん」

頷いてみせながら、なぜか胸がぎゅっとなって、泣きそうになった。悲しいわけじゃなくて、むしろその逆の感情で。

やさしい言葉をもらったわけでもないし、ぜひ作ってと頼りにされたわけでもない。それなのに、大我の言葉にほんのりとしたぬくもりを感じた。

大我はそんなつもりで言ったわけではないのかもしれない。本心では迷惑しているのかもしれない。

でも、勝手に感じ取ったそのあたたかさが、胸の奥によじれるような甘い痛みを生む。なんだろう、これ。よくわからない。

木島はもっとわかりやすく、やさしいことをたくさん言ってくれた。単純に嬉しかったし、慕わしい気持ちがわいたけれど、こんなふうに泣きたいみたいな胸の痛みを感じたことはなかった。

失敗作を自分で責任を持って片付けようと思うのに、胸の奥に熱い塊が詰まっているみたいで、おにぎりがなかなか飲み込めなかった。

大我は黙々と四個を平らげ、「そういえば」と何かを思い出したように縁側に置いてあったレジ袋に手を伸ばした。

「この間言ってたやつ、買っておいたぞ」

袋から出てきたのは、黒髪に戻すカラー剤だった。

「ありがとうございます」

「腹ごなしに塗ってやろうか？」

「え？」

「その前に、バサバサの毛先をちょっと切ってやる」

「髪、切れるの？」

「専門時代に、美容学科の友達に一通り教えてもらった。まあ腕前はさっきのおにぎり程度だが」

「二重の意味でイジメだよね？」

「嫌ならやめる」

「嫌じゃないです。お願いします」

伸びてきて鬱陶しいと思っていたところだったし、なんなら丸坊主にしてもらってもなにも困らない。せっかく買ってもらった黒染めが無駄になってしまうのがもったいないといえばもったいないが。

ケープ代わりに穴をあけたゴミ袋をかぶって、縁側に座ると、大我はハサミを持ってきた。ちゃんとヘアカット用のハサミで、すきバサミまで揃《そろ》っている。

霧吹きで髪を濡らし、クリップでブロッキングする手つきは、まるでプロだった。シャキシャキとためらいもなく髪を切り落としたあと、大我はカラー剤を混ぜ合わせて、髪につけてくれた。

大我の手が髪に触れるたびに、なんだかそわそわ落ち着かない気持ちになった。

パッケージに書いてある放置時間を正確に守り、風呂場で洗い流すと、鏡の中の見慣れない自分の姿にちょっと戸惑った。

ぱさっと傷んでいたウルフカットの襟足は、生え際ギリギリまで切り落とされ、マッシュっぽいシルエットにがらりと変身していた。久しぶりの黒髪とあいまって、まるで別人のようだった。

ドライヤーでざっくり乾かして和室に戻ると、座卓でくるみボタンを作っていた大我が顔をあげてじっとリオンを見つめてきた。

「十歳くらい若く見えるな」

「は？　そしたら俺、小学生じゃん」

憤慨してみせると、大我の口角が少しだけ上がった。

今日三回目の、笑顔っぽい顔。

この人、笑ったりもするんじゃん、と心の中でそっと思う。もっと笑って欲しいし、その笑顔が自分だけのものならいいのに、みたいなことを思っている自分に気付いて、なんだか狼狽《ろうばい》する。

窮地を救ってくれた男に、リオンは確実に特別な感情を抱き始めていた。

そんな自分に戸惑って、普段自ら見ることのないテレビをつけてみる。

目に飛び込んできた映像に、ふわついていた気分が一気に吹っ飛んだ。

笑顔で全力パフォーマンスするパラソルのメンバーたちの笑顔が、画面から飛び出しそうな勢いで迫ってくる。

解雇になってから初めて目にする元仲間たちの姿だった。

派手な髪色は、いつも事務所のスタッフと話し合って決めていた。アイドルなんて全員同じ顔に見えるという層の人たちに、少しでも識別して、覚えてもらうための戦略だった。

事務所を追われて、行き場をなくした果てにここにたどり着いたリオンは、今、その髪を黒く戻したばかりで、画面の中のメンバーたちがよりいっそう眩《まばゆ》く見えた。

チャンネルを変えようとしたが、悪い魔法にかかったみたいにリモコンを握った手が硬直して動かなかった。

様々な感情が押し寄せて、溺れそうになる。

歌もダンスも演技も、特別に好きなわけではなかったし、才能もなかった。ただただ必要とされたい、愛されたいという飢餓感だけで、必死でくらいついていた。

多分、木島とのことがなくても、遅かれ早かれ自分は淘汰《とうた》される人間だったと思う。

だが、いきなりすべてを失って、混乱と逃亡の果てに、ようやく我を取り戻してこうして自分が属していた世界を改めて目にすると、すべてが眩《まぶ》しく、遠く、輝いて見えた。

無言で立ち尽くすリオンの様子を怪訝に思ったのか、大我が作業の手を止めて顔をあげた。

「どうかしたのか?」

「……テレビ、消して」

「おまえがつけたんだろう」

「うん。なんか……手がおかしくて」

ガタガタ震える手を差し出すと、大我はリモコンを受け取ろうとしたが、握りしめた手からリモコンが外れない。

「力を抜け」

大我はリオンの指を一本一本開きながら、テレビの方に視線を送って言った。

「未練タラタラか？」

今まで一切立ち入ってこなかった男から急にずばっと露悪的な言い方をされて、汗ばんだ手がぱっとリモコンから外れた。

未練なんてあるわけない。適性がなかったし、好きでもなかったし。

そう言おうとしたのに、言葉はなぜか喉につかえた。

代わりに、八つ当たりみたいな言葉が飛び出した。

「大我さんこそ、デザイナーに未練ないの？」

「……なんの話だ」

「道具箱の中に、ＴＡＩＧＡってロゴがついた定規が入ってた。大我さんって、あのデザイナーのＴＡＩＧＡなんでしょう？」

大我は否定しなかった。やっぱり本物のＴＡＩＧＡだ。

「華やかな世界に、未練ないの？」

「まったくない」

抑揚のない声できっぱり言って、大我はテレビを消した。

心底、未練などひとかけらもなさそうな声音だった。本当にはっきりした人だ。

それにひきかえ、芯のない自分が心の底から情けなくなる。

うまく出てこない言葉の代わりに、なぜか涙が出てきた。恥ずかしくて、悔しくて、歯がゆくて、リオンは座卓に突っ伏して、しゃくりあげた。

「……ホントなら、俺だってあの中で歌ってたはずなのに。ファンの子たちは、俺のことを好きって言ってくれた。母親にも、伯母さんにも、従弟妹たちにも、誰にも好きって言ってもらえなかったのに……」

みっともない。みじめったらしい。大我はすっかり呆れ果てているだろう。

愛されたくて、愛されたくて、ファンの子たちから黄色い歓声をもらうとひととき満たされたけれど、アイドルがファンにとって手の届かない存在であったのと同様、アイドルにとってもファンの子たちは距離のある存在だった。

「泣くな」

面倒くさそうな低い声で、大我が言った。リオンは突っ伏したまま反論した。

「泣いてないしっ」

「……よくそんなあからさまな嘘《うそ》がつけるな」

「うるさい」

恩人に対して、どんな口の利き方だよと、自分でも呆れながら、止まらない嗚咽《おえつ》を持て余す。

泣きながら逆ギレして、本当にバカみたいだ。

「……どうせ俺のこと、プライドばっかり高いみっともないやつって思って呆れてるんだろ」

「いや。愛情に飢えた甘ったれだと思ってる」

「…………」

「愛情不足を拗《こじ》らせて、あのなんとかいう二世俳優のストーカーになったのか？」

「ストーカーとか、やってない。いい先輩だと思ってたのに、身体の関係を迫られた。抵抗はあったけど、我慢すればずっと仲良くしてもらえるのかなって思って。なのに写真を撮られたら、急に手のひら返しで……」

口に出してみれば、あまりにも陳腐な言い訳だった。結局、自分が悪い。別に縛り付けて無理矢理されたとかいうわけじゃない。嫌なら嫌だと言えばよかったのだ。

ため息とともに、大我が立ち上がる気配がした。

呆れ果てて部屋から出ていこうとしているのだと思うと、より一層切なく物悲しくなって、胸がひどく痛んで、もっと涙が出てきた。

だが、押し入れの襖を開け閉めする音がしたと思ったら、大我がまた元の席に座る気配がした。

布を裁つハサミの音が、座卓の一枚板ごしに耳元に響いてくる。

この状況でなにごともなかったように仕事を始めるなんて。

慰めもしないし、逆に出ていってしまうでもない。傍らでいつものルーティンを続ける大我にむっとしながら、言葉にできないくらいほっとした。

でも、大我が出ていったら自分も部屋に逃げ帰ろうと思っていたのに、すぐそこにいると思うと、気まずくて泣きはらした顔をあげられなかった。

ハサミの音が止《や》んだと思ったら、今度はミシンの音がし始めた。

小気味よい振動がガタガタと伝わってくる。

ここに来てからすっかり耳慣れた、騒々しいのに落ち着くリズミカルな音。

こんなに泣いたのは久しぶりで、まるでプールのあとの授業中みたいにけだるい疲労感があった。ミシンの振動にあやされて、気が付いたらうとうとしていた。

「寝るならベッドに行け」

肩を揺さぶられて起こされたときには、自分が眠り込んでいたのが数秒なのか数時間なのか、時間も場所も一瞬わからなくなって軽く混乱した。

顔をあげたら、顔面にぎゅっと何かを押し付けられた。

「え、なに？」

驚いて摑《つか》んで押し返すと、やわらかな弾力があった。重たい瞼《まぶた》の隙間から見えたのは、ウサギのぬいぐるみだった。グレーがかったツイードで仕立てられ、青いボタンの目がじっとリオンを見つめてくる。

「泣き虫のお子様には、相棒が必要だろう」

大我は面倒そうに言って、ツイードの端切れや糸くずを片付けている。

「……大我さんが作ってくれたの？」

もう完全に呆れ果てて、リオンのことなど眼中にもなく仕事に没頭していたのかと思っていたのに、これを縫ってくれてたの？

思いがけないやさしさに、さっきとは違う種類の涙がこみあげてくる。泣きはらして腫れぼったい目元にぎゅっと力を入れて、再び泣きそうになるのをこらえていたら、大我に乱暴に髪をかき回された。

「不細工」

からかうような声音で言われて、きまり悪くてついまたつっかかってしまう。

「生まれてこのかた、顔だけは誰からもディスられたことないんだけどっ」

「じゃあ、俺が初めての男だな」

「は？」

そんな意味で言っているわけではないのは明白なのに、大我の言葉にぱっと顔が赤らむのがわかった。そんな反応をする自分に動揺して、思わずむきになって言い返す。

「初めてなわけないだろ！　散々ほかの男とやりまくってるし」

うわ、バカだ俺。何言ってるんだよ。

リオンは痺《しび》れた足で立ち上がり、転げるように二階の自分の部屋へと逃げ帰った。

ギシギシいうベッドに身を投げ出して、ウサギをぎゅっと抱きしめる。

ボタンの目玉に見つめられると、武骨な男のやさしさが身に染みて、今しがたの自分の発言が一層恥ずかしく、自己嫌悪にゴロゴロとベッドの上を転げまわる。

リオンが誰とやりまくろうと、大我には別にどうだっていいことだろう。

でも、リオンは木島と身体の関係を持ったことを、初めて真剣に後悔していた。

もちろん、愛情欲しさに流されて裏切られたことは今までにも散々後悔して何度も呪ったし、自分のバカさ加減に呆れてはきたけれど、行為だけを取り立てて悔いたりはしていなかった。思い出したくもなかったというのもあるが、なにより、誰からも大事にされない自分は、自分にとっても大事ではなかったから、身体のことなんてどうでもいいという気持ちがどこかにあった。

しかし今初めて、投げやりにあんなことをしなければよかったと思った。

初めての男が、大我だったらよかったのに。

「……は？」

自分の思考に驚いて、リオンは転がりまわるのをやめた。

なにそれ？

「あの人が変な冗談言うから、脳がバグっただろ」

大我とそんなのあるわけないし。

だが、時々頭をぐしゃっと乱暴に撫《な》でてくるあの手が、自分の頰や首筋を辿《たど》って、抱き寄せてくるところを想像したら、心臓が熱を持って、身体の芯がきゅっと疼《うず》いた。

木島に触られたときには、こんな感覚にはならなかった。我慢すれば今まで通り仲良くしてもらえるのだと自分に言い聞かせて、頭の中で全然違うことを考えながらやり過ごしていた。

今は、なにもされていないのに頭の中は大我で塗りつぶされている。

恋とはこういうものかと、生まれて初めて思い知る。

いやいや、そうじゃない。そんなわけない。恋とかそんなの馬鹿げてる。

弱っているときに助けてもらったから、脳が感謝と好意を取り違えているだけ。

そもそも、あの人のどこがいいって？　結果的には助けてくれたけど、なりゆきでそうなったってだけで、そもそもは俺をあのチンピラもろとも蹴散らそうとしてたし、全然やさしくないじゃないか。

「……でもこんなの作ってくれたし」

ツイードのウサギを見ると、嬉しくて胸がきゅっとなる。

いやいやいや。ほだされてる場合じゃない。なんだか知らないけど、仕事を捨ててこんなところに逃げ込んでる世捨て人。ある意味、俺と同類じゃないか。

「……でも、麗子さんの服、天才だった。あの人は本物の才能があるし、それを日々活《い》かしてる。俺なんかとは全然違う」

否定しようとしても、気付けば大我のいいところばかりを探してしまう。

不愛想で冷たいけれど、実は意外と親切だったり。割と素直にご飯をおいしいと言ってくれたり。

指の長い大きな手がめちゃくちゃ器用だったり、たまに浮かべる笑みの破壊力はハンパなかったり。

「……そうだよ。好きだよ。悪いかよ」

ウサギに向かって開き直って、それから大きなため息をつく。

好きだからって、どうなるものでもない。別れたといいながら今もいい関係の奥さんがいるんだし、そもそも、自分から好きなものを手に入れに行くなんて、できるわけがない。

求めたものが手に入ったことなんか一度もなかった。入ったように感じる瞬間があっても、すべて手の中をすり抜けていった。また傷つくくらいなら、最初からなにもいらない。

思えばおかしな話だ。木島に対して恋愛感情はなかったのに、業界の中で唯一の頼れる先輩の好意を失いたくなくて、軽率に身体の関係を受け入れていた。

なのに、本当に好きな相手とは、そういうことのハードルは途方もなく高いんだなと思った。

大我が自分をそういう意味で好きになってくれることはまずない。だから、そういうことに至る可能性も皆無。

これまでだったら、どうせ自分は……と不貞腐《ふてくさ》れて、逃げ出していたと思う。

今だって、そういう感情はある。

でも、それだけではなかった。

ただの片思い相手ってだけじゃない。大我は自分を助けてくれた。不貞腐れて自暴自棄になるのは、恩を仇《あだ》で返す行為だ。

助けてもらった心と身体を、ちゃんと守る義務がある。自分の足でちゃんと立って、生活して、これからも生きていかなきゃいけない。

スキャンダルの余韻がまだ残っている今飛び出せば、また身バレしてやっかいなことになるだろう。ほとぼりが冷めるまでは、ここでお世話になって、自分で生きていけるすべを学ぼう。

それが多分、大我と、自分の恋心に対する、いちばん誠実なやり方だ。

4

バカみたいに泣いたせいで、翌日の昼になっても目元がなんだか腫れぼったかった。

食材が尽き、昼ご飯は素麺《そうめん》のみ。昨日の一件で面倒な地雷原だとでも考えたのか、テレビが消されているせいで、素麺を啜《すす》る音だけが静かな部屋に響いている。

つるつるした麺を咀嚼《そしゃく》しながら、リオンはなんとはない気まずさに襲われる。

普段からあまりしゃべる男ではないから、沈黙はいつものこと。でも、今日は静けさも、麺を啜る音も、やたらと意識してしまう。

多分、大我《たいが》への気持ちをはっきり自覚したせいで、なにもかもが気になってしまうのだ。

「麗子《れいこ》さんの服、いつ完成するの？」

沈黙に意識を向け続けることに耐えられなくなって、リオンの方から話しかける。

「明後日《あさって》にお渡しだ」

「また着たところ見たいな」

「……ストライクゾーンが高いな」

　真顔で言われて、飲み込みかけた素麺にむせ返る。

「そういう意味じゃない！　麗子さんとあの服の完璧なマッチングが見たいだけだからっ」

　俺のストライクゾーンはあんただし。などと言えるはずもなく、リオンは喉に引っかかったネギを麦茶で流し込んだ。

　ふと目に入った真っ黒のテレビ画面に、自分の顔が映っているのを見て、今朝洗面所の鏡で自分の顔を観察して心を決めたことを思い出す。

　そうだ、ちゃんと言わなきゃ。

「ねえ、大我さん」

　崩していた足を直して、リオンは言った。

「傷が治るまでは、ここに置いてくれるって言ったでしょ？」

　大我は胡乱《うろん》げに視線をあげた。

「ああ」

「それ、もうちょっと延長してもらってもいい？」

　今朝じっくり観察したけれど、傷はもうすっかりふさがっている。若さゆえの治りの早さが恨めしくなるほどに。

　なにか言おうとした大我を遮って、リオンは続けた。

「図々しいのはわかってる。俺だってさっさと出ていくべきだと思う。でも、正直行く当てがないし、今イキって出ていっても、また変なことに巻き込まれて面倒な状況になる自信しかない」

包み隠さずに、自分の弱さやダメさを正直に話した。大我への気持ちを除いて。

「もう少ししてほとぼりが冷めれば、みんな俺のことなんか忘れると思う。それまでここにいさせて欲しい。その間に、この先どうやっていくのかちゃんと考えるし、居候代として今まで以上に掃除とか料理とかちゃんとするし、仕事の雑用とかも……」

遮られないように一息にまくし立てていたら、大我がすっとリオンの方に大きな手のひらを伸ばしてきた。

冷たい指先が一瞬額に触れ、前髪をすくいあげる。

腕一本分の距離でじっと顔を見つめられて、急に心臓がそわそわ動き出し、リオンは視線を泳がせた。

「な……なに？」

大我は額のあたりを見ながら言った。

「治ってない。まだリンパ液が滲出《しんしゅつ》してる」

「え、マジで？　もうほとんど痛みもないし、今朝鏡で見たときはすっかり乾いてたけどな」

リオンは指先で傷口を拭い、その指先を凝視した。

「……これ、さっきむせた拍子に飛んだ麺つゆじゃない？」

リオンが言うと、大我は無表情にリオンの額を指で弾いた。

「痛っ」

リオンは両手で額をおさえた。

「痛いならまだ完治してないんだろ」

「なにその無茶苦茶な理論。そんな強さでデコピンされたら、誰でも痛いし！」

益体《やくたい》もない言い合いをしていたら、縁側から笑い声がした。

「すっかり兄弟みたいね」

大荷物を提げた有菜《ありな》が、愉快そうな顔で見物している。

「リオンくん、髪、イメチェンしたんだね」

「大我さんがやってくれて……」

「ああ、大《たい》ちゃん得意だものね。髪型も色もすごく似合ってる」

「ありがとうございます」

リオンは有菜に歩み寄り、荷物を受け取って縁側にあげた。大きなエコバッグ二つに、肉や野菜がずっしりと詰まっている。

「今日はここで加工していくわ。台所借りるね」

麦茶のグラスを口に運びながら、大我が眉根を寄せた。

「わざわざ来なくていいって、いつも言ってるだろ」

「趣味なんだからいいでしょ。あら、かわいい子がいる。どうしたのこの子？」

座布団に寄りかからせてあったウサギを、有菜がしげしげと見つめる。

リオンはウサギを拾い上げた手を、背中のうしろに回した。

「俺のです」

恥ずかしいから隠したのだが、有菜は別の意味にとったようだ。

「取ったりしないから、安心して？　ぬいぐるみを大事にしてるなんてかわいい」

「これはそういうのじゃなくて、昨日大我さんが作ってくれて……」

じろっと大我に睨《にら》まれて、言わずもがなのことを言った自分を即後悔する。

有菜は目を丸くした。

「大ちゃんが？」

「そいつが赤ん坊みたいにピーピー泣くから、まだおもちゃが必要なガキかよっていう当てこすりで作ってやったんだ」

「当てこすり？　なんかカチンとくるんだけど」

「じゃあ返せ」

「やだ」

リオンはウサギを抱きしめて、有菜のうしろに逃げ込んだ。

「もう。仲がいいんだか悪いんだかわかんない人たちね」

有菜がころころと笑う。

大我を好きだとはっきり自覚した身としては、いい関係を続けている前妻というのは微妙な相手だが、有菜のことは好きだし、いてくれる方が空気が和んで居心地がいいのも事実だった。

「荷物、運びますね」

ウサギを階段に座らせると、リオンはエコバッグ二つを台所まで持って行った。

エプロンをかける有菜の横に、そっと並ぶ。

「俺も手伝ってもいい？」

有菜は「もちろん」と頷いた。

「お料理に興味あるの？」

「興味っていうか、居候の身としては、何か大我さんを手伝えることがあればなって。それに、この前有菜さんが教えてくれたサラダ、実践してみたら、めちゃおいしくできたので、もっと色々なコツを教えてもらえたら嬉しいです」

「おお、教え甲斐《がい》のある生徒じゃ」

「でも有菜さんはプロの先生だから、無料ってわけには……」

「いやいや、パラソルの黒谷《くろたに》リオンくんに教えられるなんて、私が課金したいくらい……って

ごめん、また無神経なことを……」

神妙な視線を送ってくる有菜に、リオンは笑って首を振った。

「全然」

「冗談はともかく、お料理を覚えたら大ちゃんに食べさせてくれるんでしょう？　だったらやっぱりこっちがお礼したいくらいよ」

元がつくとはいえ、妻としての有菜の言葉に、チクッと胸が痛んだけれど、気付かないふりをした。

「じゃあまず、野菜の揚げびたしと、五目豆を作るから、まとめて野菜の下ごしらえをするね」

「はい」

やり方を教えてもらって、黙々とごぼうとにんじんを乱切りにしていると、有菜がしげしげと手元を覗《のぞ》き込んできた。

「リオンくん、包丁使い慣れてるね。自炊経験あるの？」

「自炊ってほどじゃないけど、野菜を切って、一人分の鍋の素で煮るとかその程度のことはしてました。お金なかったし」

「ファッションとか美容優先って感じだったのかな」

「いえ、使い道の問題以前に、マジでお金なくて。フルでバイト入れた方が高収入なくらいの給料だったし」

小さな事務所だったし、見た目の華やかさとは裏腹に、駆け出しの若手の給料は引くくらい少なかった。

そこを乗り越えて生き残っていければ、いわゆるセレブの仲間入りができるのだろうが、それは才能と運に恵まれたほんの一握りの人たちのこと。

「そっかぁ。厳しい世界だね。……もう戻る気はないの？」

「ないです」

リオンはきっぱり答えた。

元々、大手事務所の圧力を受けて解雇されたのだから、戻れるはずがなかったが、それだけじゃない。昨夜の一件で憑《つ》き物が落ちたとでもいうのだろうか。

いきなり放逐され、色々なショックが重なって思考停止に陥っていたけれど、昨日久しぶりに仲間たちを見て、悔しいとか妬ましいとかいう感情が生々しく蘇《よみがえ》った。

でも、それはアーティストとしてパフォーマンスする場所があることに対しての純粋な羨ましさではなく、もっと邪《よこしま》な感情だった。黄色い歓声を浴びて誰かから必要とされていることへの羨望のようなもの。

木島との一件がなくて、あのままあそこに居続けられたとしても、芸能という仕事自体への熱量が希薄なリオンは遅かれ早かれ淘汰されていただろう。

昨夜大我に「未練タラタラか？」と揶揄《やゆ》されて、初めて自分の未練に気付いた。その未練が見当違いの未練であることにも。

それに気付けたから、もう未練はない。戻れないんじゃなくて、戻らない。戻っても未来はない。

「俺、キャーキャー言われたいだけの浅はかな人間で、歌とかダンスとか二の次だったから。当然の報いだと思う。俺の居場所はもうあそこにはないし、それでいいです」

水気を拭きとった茄子《なす》を油の中に滑り込ませながら、有菜がふっと微笑んだ。

「そんなことないと思うし、すごくもったいないって思うけど、でもリオンくん、吹っ切れたみたいな顔してるから、それが最良の選択なんだね」

野菜を揚げる音がなんとも心地いい。ミシンの音にも通じる、生活の中の音。

ミシンの音から、大我を連想した。店舗に戻って、またミシンをかけているのだろう。

リオンは有菜を横目で見て、ぼそっと訊《たず》ねた。

「大我さんって、デザイナーのＴＡＩＧＡだったんですね」

急に変わった話の矛先に驚いたように、有菜がリオンの方に視線を向けた。

「大ちゃんが自分で言ったの？」

「いえ、道具箱の中に、ＴＡＩＧＡのロゴ入り定規があるのを見つけて」

そっか、と有菜は微笑んだ。

「大我さんがいちばん俺のことを理解できる人かもって、前に有菜さんが言ってたのって、そういう意味だったんですね」

華やかな世界から、フェードアウトしたもの同士。

「……大我さんこそ、あっちの世界にはもう戻らないのかな」

未練はまったくないと断言していたけれど、リオンのように何かスキャンダルを起こしたわけでもなさそうだし、いったいなにがあったのだろうとぼそっと言うと、有菜は菜箸で茄子をつつきながら頷いた。

「戻らないと思う。元々、一人だったらそんな野心は抱かなかっただろう人だから」

「……一人だったら？」

意味深な響きが引っかかって問い返す。

「TAIGAが世に出るきっかけになったのは、私の兄の隼《はやと》だったの。大ちゃんと兄は高校時代からの親友で、同じ服飾系の専門学校に進学したのよ」

有菜は茄子を油から次々引き上げながら、どこか遠くを見るような目をする。

「うちは私が中学生の頃に両親が亡くなって、兄と二人暮らしだったから、普通より兄妹の絆《きずな》が強くて、大ちゃんのこともう一人のお兄ちゃんみたいに懐いて。あ、にんじんとごぼうをこっちのお鍋で炒《いた》めてくれる？」

「了解です」

二口あるコンロの前に並んで二人で汗をかいていると、不思議な連帯感が芽生えてくる。

有菜も同じように感じたのか、人懐っこい笑みを浮かべて、唇の前に人差し指を立ててみせた。

「誰にも言ったことない昔話なんだけど、いろんなことがあってここにいるリオンくんには、話してもいいのかな」

揚げるそばからだし汁に浸されていくツヤツヤの茄子は、見るからにおいしそうだった。

「兄は大ちゃんの才能をすごく買っていて、あいつは天才だ、あいつのデザインは世界でも通用するって、いつも自分のことみたいに自慢してた。でも大ちゃんはそういう野心とか特になくて。洋裁店をやっていたおばあちゃんに憧れて、服飾を専攻したっていうだけで」

「……ここのお店？」

「そう。大ちゃんのご両親はお仕事が多忙で、大ちゃんはここに預けられることが多かったんだって。おばあちゃんのミシンを子守唄に育ったって言ってたわ」

「最初からここを継ぐつもりで？」

「ううん、おばあちゃんは自分の代で閉めるつもりでいたから、大ちゃんはアパレルに就職する予定だったみたい。でも、学園祭で大ちゃんと兄が共同制作した作品が話題を呼んで、有名なデザイナーさんからお誘いがかかって。兄は大乗り気で大ちゃんを説得して、一緒にその人のところに行ったの。兄はパタンナーとして、大ちゃんが世にはばたくのを支えたいって言ってね」

「……あの頑固そうな大我さんを説得するなんて、すごい人ですね」

有菜はリオンがかき混ぜている鍋に、勢いよくだし汁を入れた。

「これで落とし蓋をして、少しやわらかくなったら、蒸し大豆を入れてね」

「了解です」

有菜は横目でリオンに意味深な視線を送ってきた。

「リオンくん、結構鋭いね」

「え？」

「ううん。それでまあ、TAIGAは一躍時の人になって、さあこれからって時に兄に血液系の難しい病気が見つかったの。色々手を尽くしたけど、いい方向に行かなくて、もう長くはないってわかった。その時、兄が大ちゃんに最後のお願いをしたの。妹と結婚して欲しいって」

急な展開に、リオンは目をしばたたいた。

「大我さんと有菜さんはつきあってたの？」

有菜はネギを刻みながら首を横に振った。

「全然。でも、私が大ちゃんに長い間片想《かたおも》いをしていたことに、兄は気付いてた。兄は唯一の肉親である私の行く末をすごく心配してくれて、親友の大ちゃんと私が結婚するところを見届けたいって。それで大ちゃんは了承してくれたのよ」

「両片想いの、交際ゼロ日婚ってこと？」

「落とし蓋ずらして、お砂糖を入れてくれる？」

「はい」

「お醤油《しょうゆ》はとりあえず半分だけ」

「了解です」

「大ちゃんが好きなのは私じゃなかったけどね」

「了……え？」

リオンは醤油を量る手を止めた。

「婚姻届けの証人欄に力の入らない手でサインするとき、兄は涙を流して喜んでくれた。私たちが結婚して二か月ほどで、兄は亡くなったわ。仕事を辞めて祖母の遺した家に帰るっていう大ちゃんに、私もついてきた。しばらくは私も大ちゃんも何も考えられなかったし、何もできなかったな」

会ったこともない隼という人の存在の大きさと、喪失の穴を、リオンも追体験しているような感覚に陥った。

「一周忌のあと、私の方から別れて欲しいって頼んだの」

「……どうして？」

「そろそろ大豆を投入ね」

「はい」

「大ちゃんは私のことを妹みたいな存在としか見てくれなかったから。もちろん、私もそれをわかって結婚した。どんな形であれ好きな人と一緒にいられるのは夢みたいだと思ったわ。でも……」

有菜はコンロ周りに撥《は》ねた油を拭きながら、からっと笑った。

「絶対に好きになってくれない人と結婚生活を続けるのって、想像を超えるしんどさだった」

こんなふうに笑えるようになるまでに、この人はどんな時間を過ごしたんだろう。

「ちょっとやだ、そんな顔しないでよ。今はすごく幸せなんだから。愛されない妻より、親友の妹っていう立ち位置の方が、よほど居心地いいわよ。……ていうかそもそも、どうしてこの話を始めたんだっけ？」

「大我さんが、華やかな世界にはもう戻らないのかなって」

「ああ、そうだった。そんなわけで兄亡き今、大ちゃんはもうコレクションの世界には興味がないんだと思う。一時は生きることにすら興味がなさそうだったから、こうして洋裁店を再開したのはすごい進歩なの」

「……そうだったんですね」

「しかも、さっきみたいにリオンくんとふざけ合ってる姿を見たら、昔の大ちゃんを思い出して嬉しくなっちゃった」

ふわふわ笑う笑顔は、嘘偽りなく嬉しそうに見えた。

「それにしても、手際いいね、リオンくん。唐揚げの下準備も手伝ってもらっちゃおうかな。

面倒じゃなければだけど」

「面倒なんて全然。楽しいです」

「無理してない？」

「してないですよ」

芸能界の仕事は、歓声を浴びる瞬間以外は楽しいと思ったことがほぼなかった。昨日、大我に仕事の手伝いをさせてもらったときにも、せっかく直接役に立てるチャンスだったのに、つくづく向いていないないなと感じた。

しかし、有菜の手ほどきを受けながらこうして料理をするのは楽しかった。食材の手触りや匂い、揚げたり焼いたりするときの音、ひとつの料理が出来上がったときの達成感。

もっとやってみたい、と、わくわくした気持ちが湧いてくる。

「いいね。好きこそものの上手なれって言うしね。リオンくん、センスもあるから、すぐに上達するわよ」

口先だけの人ではないとわかるから、有菜の言葉がしみじみ嬉しくて、頭の中にじんわり染み渡る。

本当に素敵な夫婦だなと思う。……元がつくけれど。

持参してきた食材をすべて調理し終えると、明日の料理教室の下準備があるからと、有菜は慌ただしく帰っていった。

粗熱が取れた料理を、有菜が言いおいていった通りにタッパーに小分けして冷蔵庫に収納しながら、リオンは先ほど聞いた話を頭の中で何度もリフレインした。

ほかに好きな人がいたのに、大我はなぜ有菜と結婚したのだろう。

命を終えようとしていた親友の、最後の頼みだったから？

自分のこととして想像してみようにも、リオンには親友などいたことがないから、たとえば伯父夫婦や木島《きじま》や大我から頼まれたらどうするだろうと考える。それで彼らに感謝され、大事にしてもらえるなら、実行したかもしれない。

だがそれは愛に飢えたリオンの姑息《こそく》さ故で、あの白黒はっきりした大我が、ほかに想う人がいるのに、そんなことをするとはどうしても思えない。いくら隼が余命いくばくもないからといって……。

タッパーを積み重ねながら、リオンはふとある可能性に行きついた。

大我の好きな人が、隼だったら？

今しもこの世を去ろうとしていた想い人の、それが最後の願いだったら？

そう考えたら、すべてがストンと腑《ふ》に落ちた。

デザイナーへの道も有菜との結婚も、最愛の人の希望を叶《かな》えるためのもの。その相手を失って、すべての希望が潰えて、ここに帰ってきた。

冷蔵庫の冷気が、ひんやりとリオンの頭と身体を冷やしていく。

リオンの想像が当たっているとしたら、そわそわとやきもちを焼く対象は有菜ではなく、同性で、今はこの世にはもういない人。

大我がリオンと同じ性指向だとしたら、ある意味、リオンにも可能性があるといえる状況なのかもしれないが、そんな気持ちには微塵もならなかった。むしろ、生きて身近に存在する有菜より、ずっと大きく太刀打ちできない相手だった。

妹との結婚を懇願するくらいだから、隼の方は大我の気持ちを知らなかったのだろう。想いを伝えることもなく相手がこの世を去り、きっと大我の中で隼は、永遠に一番の存在であるに違いない。この先、喧嘩《けんか》や仲たがいをすることもない。ただただ美しい存在として、輝き続けていくのだ。

身体の感覚がなくなっていくような冷たさを感じて、リオンは我に返り、開けっ放しだった冷蔵庫の扉を慌てて閉じた。

「いや、ショックを受けること自体おかしいし」

ぼそっと自分に向かって呟《つぶや》く。

大我を好きになってしまっているのは事実。でも、叶うあてのない想いだということは最初からわかっていた。

これまでの人生で、誰かに心底大切にされたことなんて、一度もなかった。自分にはきっと愛されない欠陥があるのだろう。

それはそれとして、行きがかり上こうして拾ってくれた大我への恩義は変わらない。愛とか恋とか、叶わぬ期待を抱いても無駄だとはっきり知れたのは、むしろありがたいことかもしれない。

思いがけない過去を知って、心が乱れはしたけれど、リオンのすべきことは大我に伝えた通り。自暴自棄にならず、騒動のほとぼりが冷めるまでここで今後について考えて、助けてもらった恩を決して無駄にしないように、今後の人生を全うするだけ。

キッチンを出ると、階段に座ったウサギが青い目でじっとリオンを見つめてきた。リオンはウサギを手に取り、ぎゅっと胸に抱きしめた。

少なくともこの子を縫ってくれていた時間は、リオンは大我の心に潜り込めていたのだ。それがたとえ、この面倒くさいガキが……という呆れだけだったとしても。

嬉しいのか辛《つら》いのか自分でもわからない感情を持て余しながらウサギに顔を埋めると、ツイードの生地が頬にチクチクした。

5

「リオンくん、疲れてない？」

パーティションから顔を覗かせた有菜《ありな》に、リオンはジャガイモの皮をむく手を止めて笑顔を返した。

「全然大丈夫です」

有菜に、料理教室の助手に勧誘されたのは、一か月前のことだった。雑貨店との掛け持ちでやっている教室なので、限られた時間で運営するために、有菜が事前に素材の下ごしらえをしているらしいのだが、その作業をリオンに頼めないかという話だった。

『リオンくん器用だし、お料理の腕もめきめき上達しているし、手を貸してもらえると助かるわ。一人で回すのも限界になってきて。裏方作業だけだから、店のお客さんや教室の生徒さんと顔を合わせたりは絶対しないよ』

有菜自身のためというより、リオンの社会復帰への手助けとして申し出てくれたのではないかという軽作業だった。

ありがたく誘いに乗らせてもらい、週に三日、有菜のキッチンで数時間働かせてもらっている。

素材を洗い、レシピに合わせて皮を剝《む》いたりカットしたり下茹《ゆ》でしたりという作業は、無心になれて楽しかった。

「茄子とジャガイモは余分にあるから、二人の夕飯用に少し持って帰ってね」

「ありがとうございます」

ドアベルが鳴って、有菜は店の方に戻っていった。

オープンキッチンのカフェを改装した有菜の店は、カフェ部分が北欧雑貨をメインに扱うショップになっていて、パーティションで仕切ったキッチン部分は料理教室として使われている。

キッチンで作業しながら、有菜と客のやりとりを聞くともなしに聞いているのは楽しかった。

世間の目から逃れるようにホテルの一室に引きこもり、その後大我《たいが》に拾われたあともしばらくは外出もままならない精神状態で過ごしていたから、普通の暮らしの気配や雑談になんだかほっと癒される。

料理教室が始まる一時間前にリオンが作業を終えると、有菜も店をＣＬＯＳＥにして、キッチンの方にやってきた。

「おお、今日も完璧な仕上がり！　助かるわ。ありがとう」

有菜は笑顔で言って、カウンターの下の引き出しから封筒を取り出した。

「これ、今月分のお給料。雀《すずめ》の涙で申し訳ないけど」

「ありがとうございます」

初めてのバイト代は、タレント時代の給料よりも昂揚感《こうようかん》があった。

「あの、お店を閉めちゃったあとで申し訳ないんですけど、ちょっと買い物をさせてもらってもいいですか？」

「もちろんどうぞ」

ここで働き始めた最初の日に、客のいない店舗の中を見せてもらったことがあった。センスのいいインテリア小物やキッチン道具が陳列された棚は、見ていてわくわくした。

その時に目をつけていた、変わった形の裁縫用の指ぬきと、白地に黒で植物の模様が描かれた大判のハンカチを買わせてもらった。

「それくらいなら、私からプレゼントするわよ」

「いいえ、ちゃんと自分の給料で買いたいので」

会計を済ませて、ジャガイモと茄子が入った袋を手に、有菜に見送られて裏口から外に出ると、路地裏の角でポケットに手を突っ込んで手持ち無沙汰に立っている大我が見えた。

大我の家から有菜の店は歩いて十分ほどの距離だが、バイトの日は毎回、大我が送迎してくれる。

「わざわざ迎えに来てくれなくても平気なのに」

「わざわざ来たわけじゃない。運動不足だから、散歩のついでだ」

面倒そうに言って歩き出す大我に小走りに追いついて、リオンは横から顔を覗き込む。

「大我さん、ツンデレって知ってる？」

大我はじろっとリオンをねめつけてきた。

「おまえがまたいらぬ厄介ごとに巻き込まれると、迷惑するのはこっちだから、渋々迎えにきてやってる」

「もう平気だよ。髪色も戻したし、こうやってキャップかぶってたら、俺のことなんて誰もわかんないよ。あ、ジャガイモと茄子をもらったんだ。今夜は有菜さんに教えてもらったグラタンにしようかな」

「この暑いのにグラタン？」

「じゃあ天ぷらと素麺にする」

「いや、グラタンでいい」

「どっちだよ」

わざとぞんざいな物言いをして、明るく笑ってみせる。

大我には、別れても尚《なお》好意を寄せて足繁く通ってくる元妻がいて、さらに心の中には永遠不動の想い人がいる。

それを知ってから、リオンは自分の気持ちを封印して、ことさら元気に振る舞っていた。

元々、期待なんて一ミリもしていなかったつもりだけど、真実を知ってショックを受けたということは、無意識の領域では期待ゼロではなかったのだろう。

だから、そういう感情をリオンは意識して排除した。

どんどん元気になっていることを、大袈裟《おおげさ》なくらい大我にアピールする。週三のぬるま湯みたいな仕事だけど、一応バイトも始めたし、有菜に教わって結構手の込んだ料理も作れるようになってきた。

もう少し経《た》てば、リオンのスキャンダルなど、新しいスクープに埋もれて忘れ去られていくだろう。

そうしたら、バイト先を増やして、居候を卒業する。

そんなに長く迷惑をかけるつもりはない。なるべく早く出ていくから、今はこの夢みたいな時間をへらへら楽しんでしまうことを許してください、と、心の中で誰にともなく懇願しながら、リオンは足の速い大我を小走りに追いかけた。

CLOSEDの札をOPENに返して店内に戻り、すぐにミシンに向かおうとする大我に、リオンは声をかけた。

「ねえ、大我さん。今日初月給をもらったから、ささやかなプレゼントを買ったんだ」

袋から指ぬきを取り出して差し出す。

「大我さんのごつい手に似合いそうだなって思って」

「シルバーのシンプルか」

無表情なまま受け取った大我は、それを中指にはめようとして眉をひそめた。

「入らない」

「え、うそ」

「女性用だろう」

「マジで？　サイズがあるの？」

自分の無知にがっかりする。

「有菜さんに大きいのがあるか訊いてみる」

「いい。面倒だ」

大我は作業台の引き出しからシルバーのチェーンを取り出すと、指ぬきのわっかを無造作にそこに通して、首元にはめた。

その様子を見つめるリオンの唖然《あぜん》とした表情を見て、「なんだよ」と不機嫌そうに訊ねてくる。

「いや、俺はわかってるから大丈夫だけど、そういうのって絶対相手を勘違いさせるから、気を付けた方がいいよ」

「なにが勘違いだ。野良猫のバイト代を無駄にしないための苦肉の策だろう」

「はいはい、ありがとうございます」

おどけて答えながらも、心はそわそわと宙返りしている。無自覚は罪だ。……いや、すごく嬉しいけど。

心の動揺を悟られまいと、リオンは自分用に買ったハンカチを取り出して、大我の前に広げた。

「あとね、ひとつお願いがあって、これでウサギに簡単な服を作って欲しい」

リオンの頼みに、大我は呆れたような視線を向けてきた。

「いよいよお人形さんごっこか」

「だってこの柄、ワンピースとかにしたらめちゃかわいくない？」

「あいつはメスなのか？」

「え、男の子？」

「いや、おまえの好きでいいが……。このサイズの布でワンピースは無理だ」

きっぱりと言い切られてしまい、リオンは「えー」と声をあげた。

「だってこう折ってこの辺を縫ったら……」

「そんな貫頭衣みたいな原始的なデザイン、俺のプライドが許さない」

「そんな」

「しかも、貫頭衣にしたって用尺が足りない」

指ぬきはサイズが合わないし、ハンカチは尺が足りないし、なにもかもが失敗だらけ。

しょぼくれてハンカチを畳もうとすると、スルッと奪い取られた。

「本人を連れてこい」

「本人？」

「ウサギだ。なんとかしてやる」

「ホント？　やったー！」

リオンは急いで母屋からウサギをとってきて、大我が真顔でメジャーをあてて採寸するのを手伝った。

二人で一体のぬいぐるみを裏返したり立てたりしていると、意図せず何度も指先が触れ合った。そのたびにリオンの心臓はいそいそと拍動を速め、ああ、俺はこの人に恋しちゃってるんだな、という自覚を新たにした。

うしろめたい気がするその想いを、ウサギを操ったりしゃべらせたりしておどけることでごまかし、採寸を終えるとリオンは夕飯の支度のためにいそいそと母屋に戻った。

ジャガイモをレンジにかけている間に、茄子を薄切りにして、オリーブオイルで焼く。

ミートソースはレトルトでも大丈夫よ、と有菜は言っていたけれど、教えてもらった通りに、みじん切りの玉ねぎとひき肉とホールトマトを使って、丁寧に煮詰めていく。

料理はとても楽しい。ひとつひとつの工程を積み上げて、自分の世界に没入し、毎回確実に達成感が得られる。大我と一緒に食べることを想像するだけでもモチベーションが上がる。

ミートソースの鍋を木べらでゆるゆる混ぜながら、でも、料理じゃなくて裁縫に対してこれくらいの意欲と、それから才能があったらなぁと、ちょっと残念に思う。

料理や掃除の手が必要なら、専門業者に頼めばいい。代わりはいくらだっているし、そもそも、元々は有菜が通って大我の世話を焼いていたのだから、本当ならリオンの存在など必要ないのだ。

でも、もし卓越したデザインや縫製のセンスがあったら、大我の右腕として、なくてはならない存在になれたかもしれない。

「熱っ！」

濃度が増してきたトマトソースが手の甲に撥ねて、リオンは夢想から我に返った。

いやいや。それが自分の良くないところだ。誰かに必要とされたい、という依存心。

これまでの人生の躓《つまず》きは、すべてそれが原因だった。

愛されたい、とすがりつくから、それが満たされないときに路頭に迷ってしまう。

むしろ裁縫に対して興味も才能もなくてよかった。それを使ってすがりつこうなんて考えなくて済む。

今、こうして心を込めて作っている夕飯は、大我のため。でも、近い将来、自分はここを出ていく。大我のためではなく自分自身のために、料理を作っていくのだ。

そういえば、誰かに必要とされるためとか、好かれるためとかではなしに、やっていて楽しくて夢中になれたのは、料理が初めてかもしれない。

人生を出直して、新しく生活のすべを探すなら、料理関係がいいかもしれないなと思う。甘い世界じゃないだろうけど、初めて好きだと思えたことを極めてみたい。


「ごめん、ミートソース焦がした」

食卓についた大我の前にグラタン皿を置きながら、リオンはしゅんと報告した。

将来について考えを巡らせながら上の空でミートソースを煮詰めていたら、うっかり焦がしてしまった。水を足して濃度を調整し直してみたが、焦げた風味は消せなかった。

大我は表情を変えないままフォークを手に取った。

「グラタンってそもそも焦がす料理だろう」

「表面のチーズはそうだけど、やらかしたのはソースだよ？　焦げ臭かったら残していいからね」

おろおろするリオンをよそに、大我はチーズの糸を引くグラタンを、ためらいもなく口に運んだ。

「どう？」

「……別に。普通にうまい」

「うそ。大我さん、味覚音痴なんじゃない？」

「失礼なやつだな」

リオンもおそるおそる一口すくって、ふうふうと息を吹きかけて食べてみた。

「……あ、ホントだ」

ソース単体で味見したときには、焦げた風味を強く感じたが、グラタンになってしまうと気にならなかった。

「めちゃおいしい。俺って天才かな」

「極端なやつだな」

大我はふっと口角をあげた。当初は能面のような男だと思っていたけれど、最近大我はよくこんなふうに笑ってくれる。子細に観察している人間にしか気付かないような、大我の小さな微笑みが、リオンは大好きだった。

架空の尻尾《しっぽ》がブンブン振れていることに気付かれまいと、リオンはすまし顔でバゲットの皿を大我の方に押し出した。

「冷凍してあったバゲット、有菜さんに教わった通り湿らせて焼いたら、めちゃくちゃパリッとしておいしいよ」

大我の視線が、皿を押すリオンの手の甲の小さな火傷《やけど》痕に留まった。

「そこ、どうした？」

「ああ、ミートソースが撥ねただけ」

大我は立ち上がると、古い茶簞笥《ちゃだんす》の引き出しから薄べったい缶を出してきて、リオンの前に胡坐《あぐら》をかいた。

「手」

「あ、はい」

犬のお手みたいに反射的に手を差し出すと、大我は缶から乳白色の軟膏《なんこう》を掬《すく》い出して、火傷の箇所に塗ってくれた。ヒリヒリとした微《かす》かな痛みが、その十倍くらいの大きさで胸をヒリつかせる。

「祖母がよく火傷や切り傷にこれを塗ってた。俺もアイロン火傷でよく使う」

「え、そんな昔からある薬なの？　先祖伝来の秘薬だね」

長くて器用そうな大我の指が、丁寧に薬を塗りこめてくれる感覚にドギマギしながら、リオンは努めておどけた口調を装って言った。

「ねえ、俺が大我さんちを出て自立してからも、火傷したらこれ塗ってもらいに来てもいい？」

クリーム色と赤でデザインされた缶の蓋を閉じると、大我はそれをリオンの手にのせた。

「店にも置いてあるから、持っていけ」

「……どうも」

それは、ここを出たらもう来るなっていうことかなと内心どんよりしていると、大我は何事もなかったように食事に戻りながら言った。

「別に火傷なんかしなくても、いつでも来たいときに来ればいいだろう」

急降下していた気分が、今度は一気に急上昇する。

「来る来る！　なんならまたこんなふうにご飯作りに来るし」

「今度は焦げ臭くするなよ」

「あ、やっぱ焦げ臭いって思ってたんじゃん！」

むっと唇を突き出してみせつつ、自分はきっと人生の最後に、この瞬間を思い出すに違いないと思う。

だからこそ、あとで思い出せばあのときが幸せだったな、なんていうもったいない味わい方は絶対にしない。

今、この瞬間が、夢みたいに幸せだということを、強く強く意識して、自覚する。時間は止められないし、状況は刻々と変わっていく。同じ場所にはいられない。

だから「今」の幸せは、余すところなく全身で実感しておく。

食事を終えて、食器を片付けようとリオンが立ち上がったとき、

「そうだ、ちょっと待ってろ」

そう言いおいて店の方に出て行った大我は、ウサギを連れて戻ってきた。

「さっきのやつ、できたぞ」

身頃とスカートは黒のサテン地で、スタンドカラーと膨らんだ袖にハンカチが使われたワンピースをまとったウサギは、青い目を楽しげに輝かせていた。

「うそ、すごい！　大我さん天才なの？　え、さっきの今で？　もう？　こんなすごいやつを？　想像の百万倍おしゃれなんだけど！」

リオンは感動しながらウサギを抱きとった。

「おまえの言う通り、確かにワンピースが似合うな」

「でしょ？　姫だよ。この子は姫。めちゃくちゃかわいい。大我さん、これ仕事にできるんじゃない？　あ、もうやってるか」

テンションが上がって、饒舌にまくし立てていると、大我の手がリオンの顔の横に伸びてきた。もう一方の手でウサギの姫を摑んでリオンの顔の横に並べ、むぎゅっと頰を寄せ合うように押し付けて、大真面目な顔で見比べる。

「似てるな」

「え、俺こんなにかわいい？」

頰に触れる大我の指に内心どきどきしながら、その動揺を気取られまいと道化てみせる。

「かわいいとは言ってない。黒目のでかさと、口が似てる。ウサギ兄妹」

叩《たた》くとも撫でるともつかずリオンの頰を軽くつついて、大我の手はすっと離れていった。

サイフォン式のコーヒーみたいに、身体中の血が一気に頬に集まってくるのを、自分の意思では止められない。

「あ……ええと、姫のワンピース、ありがとう。後片付けしたら、じっくり愛《め》でるね」

リオンは食器を積み重ねて、逃げるように台所に向かった。

グラタン皿にこびりついたチーズの焦げをスポンジでごしごしこすりながら、台所とリビングが分離した古い間取りでよかった、と、胸を撫でおろす。ダイニングキッチンだったら、ほてった顔を大我に見られて、不審がられてしまうところだ。

そんなことを考えていたら、不意に木島《きじま》の家のおしゃれなアイランドキッチンを思い出した。

この家に転がり込んでから、テレビのニュースショーもネットニュースも一切見ておらず、木島のことは意識的にも無意識的にも考えないようにしていた。

時間の経過は偉大だった。直後は人間不信に陥り、この世から消えてなくなりたいくらい傷つき恨んでいたのに、ここで大我や有菜のやさしさに触れるうちに、金平糖の角みたいにとげとげした感情は滑らかにやすりをかけられていた。

木島の家では料理なんてしたことはなかった。ピカピカのアイランドキッチンのシンクで洗うのは、グラスやマグカップくらい。

洗い物をしていると、木島はいつも背後からリオンに抱き着いてきて、『そんなことはいいから』と中断させてベッドに連れ込んだ。

ああ、またそれかと、毎回少し憂鬱になった。たとえば、歯科医院の診察台に座っているときみたいに。

被害者ぶるつもりはない。押し切られたとはいえ、結果的には自分はそれを受け入れたのだ。健康な若い身体は、刺激を与えられればそれなりに反応もした。

でも、好きこのんでそうされたいとは思えなかった。

グラタン皿を擦りながら、背後から木島の手が伸びてくる感覚を思い出したら、胸がざわざわした。

そんな記憶に引っ張られて、保身のために裏切られたと知ったときのショックも生々しく思い出しそうになり、リオンは記憶を振り払うように頭を振った。

終わってしまったことを考えるなんて、なんの意味もない。もっといい記憶で、上塗りしてしまおう。

いい記憶……。

ふと、さっき無造作に頬に触れた大我の指の感触を思い出す。

たとえば、うしろから抱き寄せてきたのが、大我だったら……？

想像したら、足元から電気が走るみたいに身体じゅうがびりびりして、リオンは思わずスポンジをシンクに放り投げた。

「ヤバいヤバいヤバい……」

メーターの逆振れが大きすぎて、リオンは泡だらけの手のまま、その場にしゃがみこんだ。

自分の恋心を、生々しく思い知らされる。そうか、自分は大我とだったらそういうことをしたいのか。

むくむくと膨れ上がる罪悪感を、リオンは自分で宥《なだ》めた。

思ってしまうことは、しょうがない。理性じゃなくて感情の部分は、自分の意思では制御できないのだから。

思うのは自由。でも、悟られてはいけない。大我にとって、リオンは保護した野良猫みたいなもの。情愛は持ってくれているかもしれないけれど、愛情ではない。リオンの一方的な感情を悟られたら、もうここにはいられない。

それに、もうしばらく恋愛沙汰はなしにしたい。今は心身ともにちゃんとまともになって、自分で生きていけるようにすることが最優先だ。

6

「うっわ、すごい！　麗子《れいこ》さん、ブルーもめちゃお似合いです」

　スーツを受け取りに来た麗子の試着に同席させてもらったリオンは、その仕上がりに感嘆の声をあげた。

　緋色《ひいろ》のものは前回も見せてもらったが、もう一着、生地違いの淡いブルーのものは今日初めて見た。美容院帰りだという麗子の、ふわっとボリューム感のあるグレーヘアに、品のいいブルーはとてもよく似合った。

「リオンくんの一言は、エステに週五で通うより若返り効果があるわ」

「え、週五で通ってるんですか？　麗子さん、超セレブ？」

「冗談よ」

　ふふふと笑いながら試着室に消えた麗子は、コットンの半袖ブラウスとゆったりしたパンツのごくカジュアルな普段着に着替えて出てきた。

「今回も素敵に仕立ててくれてありがとう」

「こちらこそ、いつもありがとうございます」

大我《たいが》は麗子から服を受け取り、ハンガーにかけた状態で手際よく衣装カバーに収めていく。

「そうそう、今日はリオンくんにプレゼントがあるの」

麗子は店の入り口の方を指さした。培養土の大きな袋が入ったプランターが置いてある。

「リオンくん、いつも私の家庭菜園の野菜や果物をとっても喜んでくれるじゃない？」

「麗子さんにいただくもの、どれもすごくおいしいです」

「ありがとう。でもね、育てるのは、食べる以上に楽しいものなのよ。だから、リオンくんもまずはベビーリーフあたりを育ててみない？」

「ベビーリーフ？　野菜ですか？」

「いろんな葉物野菜の赤ちゃん葉を食べるのよ。ほら、サラダにいろんな種類の小さな葉っぱが載っていることとあるでしょう？」

「あ、おしゃれカフェで出てくるやつ。あれ好きです」

「あら、よかった。大我くんから、あなたはとってもおいしいサラダを作るって聞いたから、それならお野菜から作ってみたら、もっと楽しいわよ」

「え……」

自分がいないところで、大我がそんな話をしているなんて。

驚いて大我の方を振り向いたが、まったく聞こえていないような顔で黙々と作業を続けている。

「リオンくんとお庭で作業をさせてもらってもいいかしら？」

麗子が声をかけると、大我はすぐに顔をあげて、小さく口角を引き上げた。

「もちろんどうぞ」

なんだよ、聞こえてるんじゃないか。

「じゃあリオンくん、それをちょっとお庭まで運んでもらえる？」

「了解です」

培養土の袋は結構な重さだった。

「麗子さん、まさかこれ、お家から持ってきてくれたんですか？」

「さすがにそんな力持ちじゃないわ。ハイヤーの運転手さんがそこまで運んでくれたのよ」

庭木が真夏の日差しを遮る縁側の手前にプランターを置いて、麗子が朗らかにプランター菜園の手ほどきをしてくれた。

この庭の草取りをしたのが人生初めてのグリーンとの触れ合いと言ってもいいくらい園芸初心者のリオンは、プランターに底石を敷く作業も、培養土にたっぷり水をかけて、割りばしで種まき用の溝をつける作業も、何もかもが初体験だった。

「芽が出るまでは、風通しのいい日陰に置いて、お水を切らさないようにね」

「了解です。こういうのって、芽が出たら間引きとかするんでしたっけ？」

「ベビーリーフは幼苗をいただくから、そのままで大丈夫よ。ある程度密集している方が、茎がやわらかくておいしいの」

「そうなんですね」

「一か月くらいで食べられる大きさになるわ。根元からカットすると、何度でも収穫できるわよ」

「え、すごい。楽しそう」

「楽しいわよ。動物でも生き物でも、育てるって本当に楽しいわ」

麗子の笑顔には、包み込むようなあたたかさがある。直系の親族の縁が薄く、祖父母という存在を知らないリオンは、もしもおばあちゃんがいたら、こんな感じなのかなと想像した。

プランターの傍らにしばし二人でしゃがみこんで、栽培の注意点や、麗子が今まで育ててきたいろいろな野菜や果物の話を聞いていると、ふわふわと癒されて、時間が穏やかに流れていった。

日陰だった場所に眩《まぶ》しい西日が当たり始めて、「あらいやだ」と麗子は笑った。

「年寄りの長話にすっかりつきあわせちゃったわね」

「とんでもない。すごく楽しかったです。もっといろいろ聞きたかったくらい」

「あらまあ、嬉《うれ》しいわ。孫がいたらこんな気持ちだったのかしらね」

「俺も今、まったく同じことを考えてました。おばあちゃんってこんな感じかなって」

「あら、じゃあ両想《りょうおも》いね」

目尻に、すっと引いたアイラインのようなかわいらしい笑い皺《じわ》を寄せて、麗子は立ち上がった。

「そろそろお迎えのハイヤーが来る頃かしら」

振り向いて一歩踏み出した先に、培養土の残りが入った袋があった。

「麗子さん足元……」

声をかけるのが一拍遅れ、麗子は袋に躓《つまず》いて前に倒れ込んだ。

「麗子さん！　大丈夫？」

リオンは慌てて駆け寄った。

「大丈夫よ。咄嗟《とっさ》に前に手が出るなんて、私の反射神経もまだ捨てたものじゃないわね」

リオンを安心させるように冗談めかして言って、起き上がろうとした麗子は、一瞬顔を顰《しか》めた。

「大丈夫？　どこか痛めましたか？」

「大したことないわ。ちょっと手首を捻《ひね》っただけ」

見れば、右の手首の付け根が、うっすら紫色に腫れている。

すぐそばにいながら麗子にケガをさせてしまった申し訳なさでオロオロしていると、騒ぎに気付いた大我が店の裏口から駆け寄ってきた。

「麗子さん、どうされました？」

「やだぁ、恥ずかしいわ。ちょっと転んじゃっただけなの」

「ごめんなさい、俺がついていながら……」

「リオンくんはひとつも悪くないわよ。私がおっちょこちょいなだけ」

「でも、もし骨折とかしてたら……」

大我は麗子の手首にそっと手を添え、落ち着いた声でいくつか質問をして、動きを確かめた。

「骨折の可能性は低いと思いますが、とりあえず近くのクリニックに行きましょう」

麗子の身体《からだ》を支えて軽々と立たせ、大我は店の方に誘導した。

「大丈夫よ。大我くんは気にしないでお仕事をして」

「仕事は大丈夫です」

二人のやりとりに、リオンは「あの」と割って入った。

「俺が付き添わせてもらってもいいですか？」

「お迎えが来るから、心配しないで。リオンくんには何の責任もないんだから」

「責任とかじゃなくて……あの、孫として心配だから」

図々しいことを言ってしまった。さっき麗子が孫と言ってくれたのは、単なる社交辞令だろうに。

身体の横でぎゅっと拳を握って、心配で泣きそうな唇をへの字に引き結んでいると、麗子はチャーミングに「ふふ」と笑った。

「嬉しいわ。じゃあお言葉に甘えて、出来立てほやほやのお孫ちゃんをもうちょっとだけお借りしてもいい？」

麗子の問いかけに、大我は「ぜひ」と頷《うなず》き、リオンに視線を向けた。

「なにかあったら、すぐ連絡して」

「わかりました」

迎えのハイヤーに同乗して、整形外科クリニックに向かった。

大我の見立て通り、幸い骨折はしておらず、全治二週間ほどの捻挫《ねんざ》ということだった。とはいえ、冷却固定のテーピングを施された腕は痛々しかった。

大我から預かったスーツ二着を届ける荷物係も兼ねて、ハイヤーで自宅まで送って行った。

大我の店からは二キロほど北の山の手にある麗子の家は、門構えが立派なお屋敷だった。

広々とした庭の一角が、手入れの行き届いた菜園になっている。

麗子が靴を脱ぐのを手伝い、仕立て上がったスーツの入った袋を持ってリビングまで付き添うと、麗子は「せっかくだからお茶でも飲んでいってちょうだい」と身軽にキッチンに向かう。

「待って、麗子さん。俺がやるから」

「そう？　助かるわ」

やはり利き手を固定されているのは不便そうだ。

「痛みとかないですか？」

「大丈夫よ。痛み止めのお薬もいただいたしね」

広々としたキッチンで、ケトルをＩＨコンロにのせながら、リオンはそっと部屋の中を見回した。

「麗子さん、ご家族は？」

「四年前に夫が亡くなって、今は気ままな一人暮らしよ」

豪奢な食器棚から左手でティーカップを出しながら、麗子は心配顔のリオンを見て笑った。

「大丈夫よ。ハウスキーパーさんが週に三回来てくれているから」

やっぱりセレブなんだなと思う半面、右手が不自由な緊急事態では、残りの四日が心配になる。

「じゃあ、ハウスキーパーさんが来れない日で、バイトがない日は、なるべく来ます。かえって鬱陶しかったらアレですけど……」

「鬱陶しいなんてとんでもない。来てくれたら嬉しいばかりだけど、リオンくんだって忙しいでしょ」

リオンは苦笑いした。

「いえ。居候させてもらってるから、滞在費代わりに勝手に色々大我さんのところの家事とかやってるんですけど、正直、そんなことしなくていいって呆《あき》れられてるくらいで、時間はいっぱいあります」

「それなら右手が使えるようになるまで、ちょっとばかりお願いしちゃおうかしら」

茶目っ気たっぷりに麗子は言った。


優雅なセカンドライフを満喫中なのかと思いきや、意外にも麗子は週に何度か短時間だが仕事に行っているという。それに関してはハイヤーの送迎もあり、職場では身の回りの世話を任せられる人がいるというから、やはりセレブな人ではあるのだろう。

結局、週に二日、半日ほど、家の中の細々したことを手伝う名目で、麗子のところに通わせてもらうことになった。

「押しかけお手伝いを志願した割に、あんまりできることがなくてすみません」

庭の一角の手入れの行き届いた菜園で、小さな雑草を抜きながらリオンは苦笑いした。プロが週三日入っているだけあって、家の中はどこもピカピカだし、冷蔵庫にはほぼ調理済みの食材が整然と並んでいるという具合。庭の雑草だって、目を凝らして探さなければ見つからないくらいだ。

しかし麗子は日陰のガーデンチェアから楽しそうに笑った。

「こうやって一緒に庭いじりをしたり、おしゃべりしたりするだけで、どんなに楽しいか。家事はお金を出せば依頼できるけど、気の合う年下のお友達は得難い宝物だもの」

麗子はリオンの方に身を乗り出して、秘密めかした表情を作る。

「罰が当たりそうだけど、全治二週間といわず、もう少し長引いてくれたらいいのになんて思っちゃったくらいよ」

こんなふうに自分を歓迎してくれる人がいることに、思わず熱いものがこみあげてきて、リオンは汗をぬぐうふりでそっと目尻を押さえた。

「お邪魔していいなら、いつでも喜んで遊びに来ます！　麗子さんとおしゃべりするの、めっちゃ楽しいし、園芸のこととかも色々教えて欲しいし。だから早く良くなってくださいね」

「まあまあ、嬉しいこと」

一時は、もう人生なんてどうなったっていいと思っていたのに、気付けばまるでこれまでの不運を一気に挽回するように、やさしい人たちに囲まれている。

幸せって、こういうことなんだなとしみじみ思う。闇雲に愛を求めてすり減っていくのではなく、自分が一緒にいて心地いい人たちの中で、その人のために自分がしたいことをする。

この間種まきしたベビーリーフが発芽したことや、麗子の畑の茄子《なす》の収穫時期など、とりとめのないおしゃべりに花を咲かせるうちに、気付けばお昼を過ぎていた。

「ごはんにしましょうか」

促されて、エアコンの利いた涼しい室内へと戻る。

「お昼ご飯、あたためますね。何がいいですか？」

大我の昼食は、ちゃんと塩をつけて握ったおにぎりと、卵焼きを用意してきた。

リオンは手を洗って、冷蔵庫の扉を開けた。プロのハウスキーパーが作った手綺麗《てぎれい》な料理が詰まったタッパーが並んでいる。

麗子はソファに座って、「そうねぇ」と考え込んだ。

「ケガを気にしてあまり動かないせいか、暑さのせいか、あまりお腹《なか》が空《す》かないのよね。リオンくん、好きなものを選んで食べてちょうだいな」

確かに、どれもとてもおいしそうだけれど、完璧に出来すぎた常備菜というのは、時に食べ飽きてしまうこともありそうだ。

「麗子さん、卵は好きですか？」

「ええ、好きよ」

「この前、有菜《ありな》さんに教えてもらったふわふわのパンケーキ、作ってもいいですか？」

麗子は目を輝かせた。

「まあ。ぜひお願い」

リオンは冷蔵庫から卵と牛乳を出し、小麦粉とベーキングパウダー、砂糖のありかを教えてもらって、早速作業に取り掛かった。

卵黄に牛乳と粉を滑らかに混ぜ合わせ、卵白にグラニュー糖を入れて泡立てる。

興味をそそられたらしく、麗子はソファから立ち上がって、アイランドキッチンを覗《のぞ》き込んできた。

「お砂糖は上白糖よりグラニュー糖がいいの？」

「有菜さんがそう言ってました。卵白の泡立ちが違うらしいんです」

「知らなかったわ」

「俺もです。っていうか、有菜さんに教わるまで、卵の泡立てなんてやったこともなかったです」

ツヤツヤのメレンゲができたら、泡を潰さないように、卵黄生地に混ぜて、フライパンの上にこんもりと丸く並べていく。

「白身が混ざっていないところがあるわね」

「そう、そこがポイントらしいんです。混ぜすぎると泡が消えちゃうらしくて」

生地を落としたフライパンのふちから、水を数滴たらして蓋をし、弱火で蒸し焼きにしていく。

時々蓋を開けて、蒸気を逃がす。

「蓋をあけちゃったら、しぼんじゃわない？」

「逆に、蒸気を逃がさないと潰れちゃうらしいんです」

「まあ。知らないことがたくさんあるわね。小ぶりだし、もうそろそろ焼けたかしら？」

「まだ、もう少し。できるだけ低温で、じっくり焼くのが、成功のポイントだって教わりました」

麗子は少女のように目をきらきらさせて、カウンターに身を乗り出した。

「出来上がりが待ち遠しいわ。そういえば、なんだかお腹も空いてきたみたい」

「それはよかったです」

裏返してから、またじっくりと蒸し焼きにするのを待つ間に、冷蔵庫のコールスローサラダを小鉢に盛り、冷たいお茶を準備した。

「カットしましょうか？」

焼き上がったパンケーキの皿をテーブルに運び、右手を気遣って声をかけると、

「大丈夫よ。これはなにがなんでも自分でナイフを入れてみたいわ」

麗子は手首に負担がかからないようにナイフを鉛筆持ちにして、淡いきつね色のパンケーキに滑り込ませた。

「まあ、やわらかい」

目を丸くして一口頬張り、さらに大きく目を見開いた。

「なんておいしいんでしょう。しゅわしゅわして、口の中で溶けちゃうわ」

リオンも一口食べてみたが、なかなかの出来だった。

「成功してよかった。麗子さんの前で、かっこいいところ見せたかったから」

「大した腕前だわ。昔、モンサンミッシェルのレストランで、こんな感じのふわふわのオムレツをいただいたことがあったけど、その何万倍もおいしい」

「麗子さん、褒め上手」

「本当よ。うちの専属シェフになって欲しいくらい。でも、勝手に引き抜いたら大我くんに叱られちゃうわね」

うふふと笑う麗子に、リオンも苦笑いを返した。

「押しかけ居候がやっと出て行ってくれるって、喜ぶと思います」

「まさか。大事なお友達のことを、そんなふうに思ったりしないわよ」

リオンがどういう経緯で大我のところに転がり込んだのか、麗子は決して詮索してこない。ただあるがままに受け入れてくれるから、リオンの心も少しずつ開いていく。

「ホントは友達でもなんでもないんです。見ず知らずの俺が困ってたところを、大我さんが助けてくれて、そのままずるずる住まわせてもらってる感じで」

「誰にだって『初めまして』の瞬間はあるでしょ。お友達だって恋人だって、最初は見ず知らずのところから始まるものよ」

言われてみれば確かにそうだけれど……。

「そうやって二人は出会って、でも今は一緒に暮らせるくらい仲良しなのね」

「仲良しってわけでは……」

「大我くんのことは小さいころから知ってるわ。やさしくてとてもいい子だけど、あまり人と近い距離でつきあわないタイプだから、大我くんが一緒に住まわせてるってことは、仲良しさんだと思うわ」

「野良猫を拾ったみたいな感覚なんだと思います」

実際、よく野良猫呼ばわりされるし。

「大我さんにはすっごく感謝してて、だからこそ、いつまでも甘えてないで、ちゃんと自立するために仕事を探さなきゃって思ってるんですけど、専属シェフになるには、まだまだレパートリー不足で、残念です」

冗談めかして言うと、麗子はちょっと考え込むような顔をして言った。

「そういえば、知り合いのレストランで、秋にスタッフが一人辞めてしまうから、新しい人を探しているらしいのよ。リオンくん、レストランの厨房《ちゅうぼう》のお仕事はどう？　熱意がある人なら、経験不問って言ってたわ」

急な提案にリオンは面食らった。

「えっと……それは冗談とかじゃなくて？」

「もちろん本気よ」

「すごくありがたい話ですけど、俺なんかで大丈夫ですか？　いくら下働きからっていってもほぼ素人だし……」

「才能あるわよ。こんなふわふわのパンケーキが焼けるんだから」

祖母の欲目とでもいうようなくすぐったさを感じて、リオンは首をすくめた。

「それは有菜さんに教えてもらったことを、まんま再現しただけです」

「その素直な吸収力ってとても大切なことよ。お料理に限らず、お稽古ごとの先生方がよくおっしゃるけど、なまじ知識や経験がある人より、ゼロから学ぶ人の方が、伸びることが多いんですって」

そういうものなのだろうか。

「それにね」

麗子はコールスローのガラス鉢に左手を添えて、芸術品を鑑賞するように眺める。

「この盛り付け、見るからにおいしそうで、食欲をそそるわ」

「ただタッパーから移しただけですけど……」

「いいえ」

麗子はいつになくキッパリとした口調で言った。

「盛り付けって人柄が出るわ。ちょうどいい量を適切な器に、こんなふうにこんもりと盛れるのは、持って生まれたセンスよ」

「どうしよう。今日一日で一生分くらい褒められた」

気恥ずかしくなってちょっと笑いに走りながら、「でも」と遠慮がちに伝える。

「ド素人だけど、確かに料理は好きだし、実は料理関係の場所で働けたらなって、ちょっと思ってました」

「まあ。だったら大我くんとも相談して、ぜひ検討してみてちょうだい」

「ありがとうございます。考えてみます」

急な話で戸惑いつつも、とてもありがたい誘いだった。いつまでも大我の世話になっているわけにはいかないし、自立のためには、先々に活《い》かせる仕事を身につけたい。

その晩、総菜を差し入れがてら遊びに来た有菜を交えて三人で夕食を食べながら、リオンは麗子からの誘いを打ち明けてみた。

「スタッフの人が辞めるまでにまだ数か月あるから、返事は急がないけど、もしやる気があるなら話を通しておくって言ってくれて」

「あら、いい話じゃない。リオンくん、お料理系は向いてるわ」

にこにこ賛同してくれる有菜の声を遮るように、大我がぼそっと言った。

「有菜のところのバイトはどうするんだ。まだ始めたばかりなのに、無責任じゃないのか」

「うん。だから有菜さんもいるところで相談しようと思って」

「もちろん、すごく助かってるから残念だけど、うちのバイトは時間もお給料もほんのリハビリ程度のレベルだしね。今後のことを考えたら、フルタイムで働ける仕事は必須だし、麗子さんの紹介なら安心感あるわ。私は応援するよ」

「ありがとうございます」

しかし大我は、仏頂面を崩さない。

「もうちょっとほとぼりが冷めてからにしたらどうだ。有菜のところと違って、ほかのスタッフや客との接触もあるんだろう。また面倒ごとに巻き込まれるんじゃないのか」

大我の反対は、意外だった。自立して出ていくのは、大我も望んでいることだと思っていた。

有菜はニヤニヤしながら、大我の顔を覗き込んだ。

「なんだかんだ言って、大《たい》ちゃんって面倒見がいいよね。リオンくんのこと、心配でしょうがないんでしょう?」

大我はじろっと有菜をねめつけた。

「また迷惑を被るのはごめんだからな」

「意訳すると、リオンくんが傷つくようなことにならないか、気が気じゃないってことよね」

「うるさい」

大我は不機嫌そうにレンコンのきんぴらを口に放り込み、親の仇《かたき》のように咀嚼《そしゃく》した。

好きこのんで拾ったわけではない迷い猫も、拾ったからには責任を持つ。そんな大我の不器用なやさしさはリオンにも伝わってきて、好きという気持ちがどんどん膨らんでしまう。

このままだったら、もう取り返しがつかないくらい好きが強くなってしまうから、やっぱりここを離れなくてはいけない。

これ以上好きになる前に。

気持ちが溢《あふ》れてしまう前に。

さっさと食事を終えて立ち上がりかけた大我を見て、有菜が目をしばたたいた。

「あら、その指ぬき、この前リオンくんがうちで買ってくれたものじゃない？　大ちゃんへのプレゼントだったの？」

前かがみになった拍子に、シャツの胸元から顔を出したチェーンに、有菜が目ざとく気付く。

リオンの方が焦ってしまい、慌てて言い訳をする。

「サイズがあるって知らなくて、大我さんの指には小さすぎました」

大我だって好きでそんな場所にぶら下げているわけではないのだとフォローする。

「サイズを調整できるタイプもあるから、交換しようか？」

有菜が提案すると、

「いい」

大我は不機嫌そうに言って、また夜中まで作業をするつもりなのか、店の方に戻って行ってしまった。

「……怒らせちゃったかな」

自分ばかり前のめりになって、ちゃんと周りのことを考えられていなかったかもしれないと、しゅんとしていると、有菜が笑いながら背中をポンポン叩《たた》いてきた。

「怒ってるわけじゃないわよ。気にすることないって」

「大我さんの言う通り、せっかくバイトをさせてくれてる有菜さんにも、失礼だったし」

「全然。正直、私だってリオンくんの人生に責任を負えるわけじゃないいし、いい条件の仕事先があるなら、喜んで送り出したいわ」

そう言って、有菜はリオンの顔を覗き込んできた。

「でも、大ちゃんの言う通り、焦りは禁物よ。のんびりいきましょう」

「はい」

一緒に食事の後片付けをして、有菜を見送ったあと、リオンは二階の部屋のギシギシいうベッドで、姫を抱き寄せて物思いにふけった。

仕事のことは、確かに大我の言う通り少し気が焦りすぎていたところはある。自立を急ぐ気持ちの裏には、これ以上大我に沼らないように早くここを出なければという焦りがあって、結局、出ていくことにも逆の意味で邪念が働いているのだ。リオンの気持ちは知らなくても、どこかに漂うそんな不純さに気付いて、大我は不機嫌になったのかもしれない。

それに加えて、有菜に指ぬきのネックレスを見られたのも、本意ではなかっただろう。いらぬ恥をかかせてしまった。

悶々《もんもん》としていると、部屋の襖《ふすま》をノックされた。びっくりして飛び起きると同時に、襖が開き、大我が無表情に声をかけてきた。

「明日はなにか予定があるのか」

「明日……ええとバイトはない日で、麗子さんは出勤日だから、特に予定はないけど」

「じゃあ出かけるぞ」

リオンは驚いて問い返した。

「え、どこに？　ていうか大我さん、仕事は？」

「定休日だ」

「あ、そうか」

定休日といっても、大我は常になにかしら作業をしているから、あまり休みを意識したことがなかった。

「九時ごろ出る」

言うだけ言って、大我はさっさと階下に下りて行ってしまった。

なんだかわからないけれど、外出に同行させてくれるということは、別に怒っているわけでもなさそうだ。

そう思うとちょっとほっとした。

「すごい。これがヴィンテージストック？」

夥《おびただ》しい量のロール状の布が並んだ棚を見上げて、リオンは感嘆をもらした。

大我に連れて来られたのは、老舗のオーダーメイドサロンの倉庫だった。

ここに来る道中に聞いた話によると、こぢんまりと営業している大我の店では、祖母の代からここで着分の生地を仕入れさせてもらっているという。

有菜の店や麗子の家を行き来して、少しずつ外出の機会は増えていたけれど、バスに乗ったりこんなふうに知らない店に入ったりするのは久しぶりのことで、最初はかなり緊張した。見慣れた仕事着ではなく、黒のTシャツにジャケットを羽織った大我の格好も新鮮で、隣でそわそわどきどきした。

にこにこと挨拶に出てきた年配の店主に、リオンは大我の店のバイトだと紹介された。マスクと帽子のおかげもあるが、店主にもスタッフにも特に怪訝《けげん》な視線を向けられることもなく、ほっと胸を撫《な》でおろした。

意外と大丈夫なものだという安堵《あんど》が、スキャンダルに追われて逃げ回っていたときの絶望や、酔っ払いに正体を気付かれて絡まれたときの恐怖を、少しずつ薄めていく。

「ねえ、大我さん、このレースすごくない？　あ、こっちの葉っぱ柄、すごい好き」

色味によってざっくり分類された多種多様な生地の棚を、うきうきと見て回っていると、

「落ち着きのないチョウチョみたいなやつだな」

大我に笑われてしまった。

大我が無駄のない動きで次々と布のロールを引き出し、カットを頼んでいる間、リオン蝶《ちょう》はおとなしくファー生地のコーナーにとまって、こっそり手触りを楽しんだ。

リオンには全く適性も興味もない仕事だけれど、布地の倉庫の匂いはとても心地よくて好きだと思った。大我の店と同じ匂いがする。

購入した布地の精算をし、配送の手続きをして、日盛りの道をバス停まで戻って、帰りのバスに乗る。

「あれくらいの量なら、配送を頼まなくても持って帰れた気がするけど。俺、そのための荷物持ちじゃなかったの？」

「ほかにも寄るところがある」

ホームグラウンドの駅に戻ると、大我は自宅とは反対方向に向かった。数か月前にリオンが潜伏していたビジネスホテルの並びに、もうワンランクグレードの高いホテルがあり、その並びに、こぢんまりとしたトラットリアがあった。

ランチタイムがあと三十分ほどで終わる店に、大我は迷いなく入店し、とまどうリオンをよそに、本日のランチを二人分注文した。

なんだかとりとめのない不思議な外出だ。さっき生地を買った店の周辺にも、ランチの店はたくさんあったし、時間的にもタイムリーだった。わざわざ最寄り駅まで戻ってきて店に入るくらいなら、家に帰って食べてもいいのに。

とはいえ、あまり混雑していない時間なのはありがたい。暑い季節には息苦しいマスクを、リオンはほっと外した。

やがて料理を運んできたウエイターは、感じのいい気さくさでワンプレートに彩りよく盛りつけられた料理についてさらりと説明していってくれた。

気付けばお腹が減っていたリオンは、いそいそとフォークとナイフを手に取り、湯気のあがった料理を口に運んだ。

「うわ、おいしい！」

思わず笑顔になってしまう。

大我も一口食べて、頷いた。

「うまいな。スタッフも総じて感じがいいし、この一輪挿しの生花も旬の花で、テーブルごとに取り合わせが工夫されてる」

「大我さん、もしかして例のガイドブックの覆面調査員？」

リオンが真顔で訊《たず》ねると、大我は「そんなわけないだろう」とテーブルの下でリオンの靴に靴をぶつけてきた。

「おまえを世話したいっていう店がどこなのか、昨夜麗子さんに教えてもらった」

「……え？」

リオンは驚いてフォークを操る手を止めた。

「ここならまあ悪くなさそうだな。公共交通機関で移動したり、こうして店に入って食事をしたりしても、人だかりができるような知名度でもなさそうだ。やってみてもいいんじゃないか」

じゃあ、今日バスで出かけたのは、俺が群衆に溶け込めるか様子を見るため？

この店を選んだのは、就職先の下見ってこと？

こみあげてくる感情を抑え込むためのいつもの手段で、リオンはわざと茶化すような声音で言った。

「覆面調査員説は撤回。大我さん、前世は俺のお父さんだった？」

大我は胡乱《うろん》げに眉間にしわを寄せた。

「なにバカなこと言ってる」

「だって、やさしすぎるよ」

「拾った猫を無責任に放り出せないのは、人として当たり前のことだ」

胸の中が、ひたひたとあたたかいもので満たされていく。

別に恋とか愛とかそんなものじゃなくたっていい。義理だろうと義務感だろうと、大我のやさしさはリオンが生まれて初めて味わう無上のものだった。

大我の元を離れても、与えてもらった幸せとこの恩は絶対に忘れない。大我になにかあったら一番に駆け付けるし、大我のためなら命だって惜しくない。

とりあえず、今この恩人に対してできる最良のことは、そんな重い気持ちを悟られないようにふるまうこと。

「じゃあ、いつか恩返しに行くね。活きのいいネズミを捕って、大我さんの家の玄関にそっと置いてくる」

「嫌がらせの間違いだろう」

あははと笑って、おいしいご飯を頬張った。

逆の立場で、リオンが単なるなりゆきでこうしてひととき誰かの面倒を見る側になったとしたら、元気になって、ご飯をいっぱい食べて、もう大丈夫と笑顔で独り立ちしていってくれるのがなにより嬉しいしほっとする。

だからリオンも、自分が働くことになるかもしれない店のご飯を、大仰なくらい楽しみ、デザートのカッサータは大我の分まで平らげてみせた。

「このあと、もう一か所行きたいところがあるからつきあえ」

食後のエスプレッソを飲みながら、大我が言った。

「もちろん」

思わず声が弾んだのは、演技じゃなくて本心。休みの日にこんなふうに大我と出かけるなんて初めてで、心の中だけでこっそり、デートみたいだなとわくわくする。

店を出ると駅前まで戻り、タクシーに乗った。運転手になんとかいう公園の近くで、と告げる大我の低い声を聞いて、ひそやかなデート気分はよりいっそう盛り上がる。

こんな機会もそうないだろうし、ここはもう、自分の中ではデートということで満喫してしまおう。

火傷《やけど》の薬を塗ってもらった日のこと。こんなふうに一日一緒に出かけたこと。幸せな思い出は、きっとこれから生きていく日々の大事なお守りになる。


二十分ほどで到着したのは、美しく整備された公園の前だった。平日の午後の暑い盛りでひとけは少なかったが、小さな子供を連れた母親たちのグループや、木陰でくつろぐカップルなどがのどかな時間を楽しんでいた。

大我は公園内には入らず、街路樹沿いの歩道をまっすぐ進み、曲がった角にある花屋で白い花ばかりの花束を買った。

花屋を出て右に曲がると緩やかな坂道になっており、坂の上には霊園があった。

デートだなどと浮かれていた気持ちが、すっと凪《な》ぐ。

水場から手桶《ておけ》を借り、細い通路を縫うようにして進む大我のあとを追う。大我が足を止めた区画の墓石には、木之下《きのした》家という文字が刻まれていた。

「……有菜さんの、お兄さん？」

リオンがぼそっと呟《つぶや》くと、振り返った大我は怪訝そうに眉をひそめた。

「知っているのか」

リオンは小さく頷いた。

「何年か前に亡くなったって、有菜さんから聞きました」

草木がいちばん元気な季節、区画によっては雑草が蔓延《はびこ》っているところもあったが、木之下家の区画はきれいに草取りがされ、萎《しお》れかけてはいるがまだそう日が経っていない花が手向けてあった。有菜や大我、ほかにも親族や友人が足繁くお参りに来ているのだろう。

花束の包みをほどいて花筒に生け、大我は長い間手を合わせていた。リオンもその後ろで静かに手を合わせながら、陸地で溺れていくような、なんとも表現しがたい息苦しさを覚えた。

話には聞いていたけれど、こうしてその存在を目の当たりにすると、強い衝撃があった。

いや、『存在』という表現はおかしいのかもしれない。今はこの世に存在しない人なのだから。

だが、手を合わせる大我の背を見つめていると、生きている生身の人間よりも、もっと大きな存在感を覚える。

心の中で、大我は隼《はやと》とどんな会話をしているのだろうか。

長い黙禱《もくとう》を終え、手桶に手を伸ばした大我に、自分でも驚くようなことを訊ねていた。

「大我さん、隼さんのことを好きだった？」

大我は訝《いぶか》しげな目でリオンを振り返った。

なにばかなことを言っているんだ、と否定されるかなと思った。

「……有菜か？」

しかし、そう問い返す大我に、自分の推測が当たっていたことを思い知らされる。

「有菜さんがはっきりそう言ったわけじゃないよ。俺が勝手に想像しただけ」

表情豊かというタイプではない大我の顔からは、なんの感情も読み取れなかった。

「もうすぐ五回目の命日だ」

そう言って、大我は通路を水場へと歩き出した。

さっきの訝しげな表情からして、大我の隼への想いにリオンが気付いていたことを、大我が知らなかったのは確か。だから、ここに連れてきてくれたことには深い意味はないのだろう。休日の外出のついでに、時間があったから寄っただけ。なんなら、親友の墓参につきあわせてもらえる程度には、気を許してくれていたということだ。

でも、こういう流れになったことに、リオンはなんとなく意味を感じた。神様が釘《くぎ》を刺しに来たのだ、と。

神様はおせっかいだ。別にそんなことしてくれなくたって、最初からわかっている。大我にはずっと想っている永遠に勝ち目のない相手がいること。

だが、わかっていながらも、大我のふとしたやさしさや面倒見のよさに心がふわっと熱をはらんでしまう瞬間はある。

神様はきっとそれを見抜いて、劇薬を処方してくれたのだ。隼の眠る場所で長い祈りをささげる大我を見せて、ご丁寧にダメ押しの一撃を与えてくれた。

大丈夫。今は心がヒリヒリしても、いつかは絶対大丈夫になる。大我への想いから、恋とかいうアクを全部すくい取って、いつかは恩人としての感謝と、気の置けない年上の友人としての純粋な気持ちだけに浄化できる日が絶対来るはず。

「おい。帰るぞ」

ぼんやり突っ立っているリオンに、大我が振り向いて声をかけてきた。

「はーい」

リオンは明るく返して、大我の大きな背中を追いかけた。

7

この夏は、これまでの人生でいちばん楽しい夏になった。週に三日、有菜《ありな》のところにバイトに通って、単なる作業としてではなく、血肉になる経験として貪欲にいろいろ吸収した。教えてもらったことを日々の食卓にも試し、うまくいっても失敗しても、大我《たいが》との会話のネタになった。

麗子《れいこ》のケガが完治したあとも、麗子の都合のいい日には遊びに行かせてもらい、家庭菜園を手伝いながらノウハウを学んだ。リオンが育てたベビーリーフも豊作で、日々のサラダを彩った。

歓心を買うためではなく、自分がやりたくてなにかをやるという経験は、新鮮だった。

レストランの件も麗子が話を通してくれて、九月に入ったら面接を受けさせてもらうことになっていた。

もう終わりだと思っていた人生が、こうして一から組み立て直されていく感じに、心がふわふわした。

大我への密《ひそ》かな恋心は、落ち着くどころか、盛り上がるばかりだった。一つ屋根の下で暮らしている以上、それはもうどうしようもないことだった。たまにくだらないことで言い合いになったりもしたけれど、人の顔色を窺《うかが》って生きてきたリオンにとっては、そんなふうに言い合えることさえも新鮮でときめくイベントだった。

大我に気持ちを悟られてはいけないけれど、自分の中の恋心を無理矢理なかったことにする努力は、早々に放棄した。

好きだと思ってしまうのは、しょうがない。近くにいてどきどきできる期間もあとわずかなのだ。これはもう、開き直って残り少ない時間を片想いイベントとして満喫してしまおうと心に決めたら、日々はカラフルなチョコレートみたいに楽しく思えた。

もちろん、楽しいだけじゃなくて切ない瞬間もあった。

麗子のところにすいか糖を作りに行った日に、麗子に急な用事が入り、予定より早く帰宅したことがあった。

シャワーを浴びて、洗面所を兼ねた脱衣スペースで身体を拭いていたら、リオンの帰宅に気付かなかったらしい大我が、いきなり洗面所のドアを開けた。

驚いたリオンは足ふきマットに躓いて、全裸のまましりもちをついた。

「悪い」

大我も驚いたように短く謝ったが、焦りながらバスタオルを拾って身体を隠そうとするリオンを見て、呆れたようにふっと笑った。

「そんなに怯《おび》えなくても、別に何もしない」

大我のその一言に、胸がひやっと痛んだ。

そういう対象として見てもらえていないのは充分理解しているのに、はっきり言われると想像以上にショックだった。

「ほら」

いつまでも座り込んでいるリオンに、大我が手を差し出してきた。

リオンは思わずその手をよけていた。摑《つか》んだら、そのままの勢いで大我にすがりついて、何もしないなんて言わないでと、懇願してしまいそうだったから。

「着替え、部屋に忘れてきた」

とってつけた言い訳とともに、裸のまま洗面所を飛び出して、二階に駆けあがり、あらゆる意味でみっともない自分に、しばし煩悶《はんもん》した。

そんなハプニングや切なさだって、今しか味わえない期間限定の貴重なときめきだと、少し時間が経《た》ってから自分に言い聞かせた。

柑橘《かんきつ》をぎゅっと搾るみたいに、ほのかな甘さも、酸っぱさも、少しの苦みも、全部搾りつくして、手のひらに残ったいい香りだけをしっかり記憶に刻み込んで、一生大切にしていこうと思った。

予期せぬ事件が起こったのは、夏もそろそろ終わりを感じさせるとある日、西日がきつい夕暮れ時のスーパーからの帰り道だった。

大我がこまめにカラーとカットを施してくれている髪はすっかりリオンの佇《たたず》まいに馴染《なじ》み、キャップや眼鏡をプラスすれば外で顔バレすることは全くなく、今ではバイトや麗子の家だけでなく、近所への買い物なども怯えずに行けるまでにメンタルも回復してきていた。

今日は鯵《あじ》のパン粉焼きと、茄子の鍋しぎにしようかな。大我さんは味噌《みそ》味が好きっぽいし。

そんなことを考えながらサンダル履きの足で歩道のカラータイルの色を選びながら歩いていたら、後ろから足早に人が近づいてくる足音がした。

追い越し待ちがてら、サンダルの隙間に入った小さな石ころを振り落とそうと立ち止まったら、歩道に伸びたリオンの影に重なるように、後ろの人影も止まった。

もしかして、道行く人に正体を気付かれたのだろうか。

少し気を抜きすぎていたかもしれない。サンダルを履き直し、警戒しながら歩き出そうとした途端、背後から声をかけられた。

「リオン。やっと会えた」

耳に馴染んだよく通る声に、心臓が跳ねた。

振り向くと、ブランドのロゴが入ったパーカのフードを目深にかぶった木島《きじま》が立っていた。

突然のことで、いったいどんな感情で対峙《たいじ》すればいいのか、わからなかった。

親密な関係をもちかけておきながら、保身のために手のひらを返した男。

だが、リオンの心は、もうそのことに対して悲しみや憎しみを抱くステージにはなかった。

木島や木島の事務所のやり口はとても卑怯《ひきょう》だったけれど、そもそもはリオンの心の隙が生んだ関係だった。流された自分にも大いに非があったと思う。

明るくエネルギッシュだった木島の目は、フードで陰になっているせいか、昏《くら》く沈んで見えた。少し痩せて、頬骨の陰影が目立つ。

「……どうしてここに?」

驚きからようやく我に返って、リオンが訊ねると、木島は静かな声で言った。

「少し前に、SNSできみとの遭遇情報をアップしているアカウントを見つけたんだ。それで興信所を使って、このあたりに住んでいることを突き止めた」

大我と出会うきっかけになった、あの酔っ払いの二人組だろうか。

スキャンダルをもみ消すためにリオンを厄介払いしたのに、なぜわざわざ居場所を探して、身バレの危険を冒してまで会いに来たのだろう。

「もしかして、口止めにきたんですか? だったら心配しないでください。迷惑をかけるようなことは何も言いません」

「違う、そうじゃない。謝罪したくて」

必死な様子の相手に、リオンは眉をひそめた。

「……謝罪？」

「事務所と親父《おやじ》が勝手なシナリオをでっち上げてマスコミにあのコメントを出したんだ。そのことを知ってきみに連絡を取ろうとしたけど、着拒されていて、ＳＮＳのアカウントも消えていた。マンションを訪ねたらすでに退去したあとだった」

木島は途方に暮れたような表情で言った。精彩を失ったその顔からしても、嘘《うそ》ではなさそうだった。

人から羨ましがられるような出自や地位にありながら、その立場ゆえに自分以外の意思の介入を拒めないややこしさもあるのだろう。ある意味、木島も被害者だったのかもしれない。

もう二度と顔も見たくないと思っていたけれど、時間と環境に癒されて、今こうして木島から真実を聞かせてもらえたことは、ある種の救いでもあった。

「……木島さんのせいじゃなかったんですね。わざわざ会いに来てくれて、ありがとうございます」

嫌味でも社交辞令でもなく、本心からリオンは言った。起こってしまったことの結果に変わりはなくても、一度は心を許した相手から裏切られたわけではなかったと知れたことは救いだった。

木島は、ほっとしたように表情を緩めた。

「きみの名誉を回復したい。僕は本当のことをマスコミに話そうと思っている」

フードの奥の、木島の思いつめたような目に少し驚いて、リオンはかぶりを振った。

「もう俺のことは気にしないでください」

「そうはいかないよ。きみは将来あるタレントさんだったのに」

「芸能の仕事に未練はないです。逆にもう、注目されたくないんです」

「だけど」

「木島さんも、婚約者さんとどうぞお幸せに」

リオンが心の底から言うと、木島の目の奥に蔑《さげす》むような嘲《あざけ》るような表情が一瞬浮かんだ。

「あの女は婚約者なんかじゃない」

「え？」

「何度か会っただけなのに、勝手に自分が特別だと勘違いして、隠しカメラまで取り付けられて。たまにいるんだよ、そういう妄想に走るやつ。名誉棄損でこっちが訴えたいくらいだ」

好青年の暗部を覗き見たような気がして、胸がひやっとした。

もしかしたら、これまでにも自分と同じように、親や事務所や、あるいは木島本人から、厄介払いされもみ消された相手がいたのかもしれない。

リオンの心の温度が下がったのに気付いたのか、木島は前のめりに言った。

「ステイタス目当てのやつらとリオンは全然違うよ。きみはいつだって控えめで、自分からがつがつ来るようなことはなかった」

尊敬する先輩ではあったけれど、恋愛的な好きではなかった。それゆえの戸惑いや及び腰な部分が、逆に木島には新鮮に映っていたのかもしれない。

成育環境が性格形成の要素のすべてだとは思わないけれど、きっと少なからず影響はある。リオンがその育ち方ゆえに愛情に飢えていたように、大物俳優の息子として育った木島は、そのステイタスに群がってくる相手への疑心暗鬼を強く抱いてきたのではないだろうか。だから、どこか心ここにあらずのリオンに執着するのかもしれない。

傍らを走り去る自転車の風圧に、ふと我に返る。

あまり人通りのない道ではあるが、下校途中の学生や、園服を着た幼児を乗せた自転車などが、まばらに通り過ぎていく。フードを目深にかぶった長身の男と、キャップに眼鏡をかけた若い男が、意味深な空気を漂わせながら長話をしていると、悪目立ちしそうだ。

「人目につくので、そろそろ」

リオンがそっと言うと、木島はスマホを取り出して、時刻表示に目を落とした。

「そうだな。仕事があるから、もう戻らないと」

未練げに言って、上目遣いにリオンを見る。

「……本当に芸能界に戻るつもりはないの？」

「ないです」

「僕のところに戻るつもりも？」

昏い目でじっと見つめられ、リオンはゆっくり首を横に振った。

木島は困ったように小さく笑った。

「恋人として修復不能だって思うきみの気持ちはわかるよ。でも、仲のいい友達には戻れるだろう？　メッセージアプリのブロックを解除して、連絡を取れるようにしてほしい」

誤解は解けたとはいえ、身体の関係をもった上にあんな別れ方をした相手と、友達に戻るということが、リオンには名案とは思えなかった。

「もう俺なんかに関わらない方がいいと思います。また変な写真とか撮られたら、木島さんの仕事や生活にもよくない影響が出ると思うし」

木島の微笑に、小さな苛立《いらだ》ちのようなものが混じって見えた。

「スマホでやり取りができないなら、直接家まで会いに行くしかないよね」

「……それは」

当惑するリオンに、木島は秘密を打ち明けるように半歩間合いを詰めてきた。

「興信所の報告によると、きみが身を寄せている洋裁店の店主は、あのデザイナーのＴＡＩＧＡらしいけど、本当なの？」

そんなことまで調べられていることに、怖さを感じた。

「僕も会ってみたいな。なんなら今、挨拶に伺おうかな」

無邪気な言葉とは裏腹に、目はひとつも笑っておらず、なにかぞっとするような気配を感じた。

「木島さん、仕事、急がないと……」

「仕事なんか、どうだっていいよ」

吐き捨てるような口調は、リオンが知ってる木島ではないようだった。

どうするのが正解なのか、混乱した頭で考える。

大我に迷惑だけはかけたくない。ここは穏便に済ませて、あとでゆっくり方策を考えよう。

リオンはスマホを取り出して、木島の目の前でメッセージアプリのブロックを解除してみせた。

木島からは毎日メッセージが届くようになった。初めのうちは、天気の話やその日に食べたもの、舞台の稽古中のちょっとした笑い話など、いかにも友人といった感じの、軽い内容だった。

木島の機嫌を損ねないように、リオンも適度に相槌《あいづち》程度の返信をした。

一見差し障りのない友達っぽいやり取りは、一週間ほどすると違和感のあるものへと変わっていった。

バイト中や、麗子の菜園の手伝いに行っている時など、数時間既読をつけられずにいると、大量のメッセージが溜《た》まっていた。

返事がないけどどうしたの？　もしかして事故にでも遭った？　今からそっちに向かおうか？

よく言えば、ようやく居場所がわかった年下の元恋人を親身に心配してくれている。でもリオンにとっては恫喝《どうかつ》めいた恐怖でしかないメッセージ。

家に行くと言われるのが、なにより恐怖だった。大我には絶対に迷惑をかけたくなかった。

「食事中くらい、スマホに気を取られるのはやめたらどうだ」

大我に苦言を呈されて、リオンはテーブルの下に置いたスマホからハッと視線をあげた。

「あ、ごめんなさい。今、ゲームのイベント期間でつい」

取ってつけたような言い訳をして、竜田《たつた》揚げを口に運ぶ。

「大《たい》ちゃんの口からそんな常識的なお小言が飛び出すなんて、新鮮だわ」

仕事帰りに立ち寄って一緒に食卓を囲んでいた有菜が、からかうように言って、笑顔のままリオンの方に視線を向けてきた。

「ゲームか。それで最近、バイトのあとも一目散にスマホに手を伸ばしてたのか。リオンくんも普通の若者なんだね」

有菜にはにかんだ笑顔を返しながら、内心では血の気が引いていた。

不自然にスマホに囚《とら》われていることに、気付かれ始めている。

もういっそ、二人に木島のことを打ち明けて相談してみようかとも思うが、想いを寄せる男の前で、かつて関係をもった相手の話をするのが、今更ながら躊躇《ためら》われた。

交際相手が謝罪に来て、リオンの名誉回復と、関係修復を申し出ている。他者から見たら、それはむしろいい話だと解釈されるのではないか。

戸惑い拒む気持ちが強いのは、大我への思慕ゆえ。

でも、そんなことを本人には絶対に言えない。

波風立てず、恩義ある人たちに迷惑をかけないようにことを収めるには、なるべく早く自然な形でここを出ていくしかない。そのためには、フルタイムで仕事を始める時期を早めないといけない。

そこまで考えて、また問題に行き当たる。もうすぐ面接を受けることになっているレストランは、ここからそう遠くない。きっとすぐに木島に知られるだろう。木島の言動次第で、麗子や店にも迷惑をかけることになりかねない。

この状況が続くようなら、就職先から考え直さなくてはいけない。

食事の後片付けを終えると、リオンはまたゲームを言い訳にして、早々に二階の部屋にひきあげた。

姫を抱えてベッドに座り、メッセージアプリを開くと、木島からまたずらりととりとめのないメッセージが並んでいた。

一時間も既読がつかないけど、なにかあった？　様子を見に行こうか？

どこか狂気をはらんだメッセージに、不安で胸がそわそわする。

腕の中の姫が、青い目で不思議そうにリオンを見つめてくる。あの一件ですべてを失ったのはリオンの方。もう芸能界に戻る気もないのに、何をビクビク怯える必要があるのかとでも、問いたげだ。

むしろ今も俳優として第一線で活躍している木島の方こそ、もっと用心深くあるべき立場なのに、会わずにいた数か月の間に、心のねじが外れたような印象がある。

リオンは、自分にも生活や仕事があり、スマホを見られない時間もあるから、いちいち心配しないで欲しいと、なるべく穏便な言葉でメッセージを返した。さらに自分に関わってまた芸能記者にでも嗅ぎつけられたら、追い回されるのは木島さんの方だし、と、暗にその言動に釘を刺した。

メッセージには秒で既読がつき、すぐに返信が届いた。

『僕にはもう、失うものなんてないよ。リオンさえいてくれたら』

胸の奥がしんと冷たくなった。

友達に戻ろうと、木島は言った。だが、これは到底友達に送る言葉ではなかった。

リオンの中ではもう終わっている物語が、木島の中ではまだ続いているようだった。

麗子の菜園は、レモンが収穫時期を迎えていた。

「表面がつるっと滑らかなのが、完熟のしるしよ」

おすそ分けするから採りにいらっしゃいと誘われて麗子の家を訪れたリオンは、黄緑の流線型の実を摘み取って手の中でその重さを確かめながら、ここ数日ずっと悩みぬいたことを告げるべく、重い口を開いた。

「麗子さん、ちょっと話したいことがあって……」

「まあ。なにかしら?」

言葉を探してしばし沈黙が訪れると、麗子は軍手を外しながら微笑《ほほえ》んだ。

「せっかくだから、レモネードでも飲みながらお話ししましょうよ。採りたてのいい香りをリオンくんにも楽しんで欲しいわ」

笑顔で促されて、家に上がる。

「こうして揉《も》むと、果汁がたっぷりとれるのよ」

麗子は丸のままのレモンを手の中でおにぎりを握るよう揉み、それからまな板の上で半分にカットした。

「力仕事はリオンくんにお任せしようかしら。ここに搾ってくれる？」

麗子が出してくれたガラスポットの上でレモンをぎゅっと潰すと、驚くほどたっぷりの果汁がほとばしった。

「うわ、すごい！　いい香り」

この世にこの香りが嫌いな人は一人もいないんじゃないかと思うほどの清々《すがすが》しい芳香に、ひとしき気持ちが晴れる。

たっぷり搾った果汁に、これまたたっぷりのはちみつを入れて混ぜ合わせ、冷たい水を注いで、氷を入れたグラスに注ぎ分けてくれる。

「いただきます」

たちまち水滴をまとったグラスを、口に運ぶ。

「おいしい」

残暑のじりじりした日差しの下で汗をかいた身体を、甘酸っぱく冷たいレモネードがじんわり潤してくれる。

「輪切りのレモンを浮かべておしゃれにしようと思ってたのに、忘れちゃったわ。でもおいしいわね」

うふふと笑って、麗子はリオンをやさしく見つめた。

「それで、お話っていうのはなにかしら？」

リオンはグラスをテーブルに置いて、背筋を伸ばした。

「面接の約束まで取り持っていただいたのに申し訳ないんですけど、レストランの仕事の件、なかったことにしてください」

麗子は「あらあら」と目を見開いた。

「なにかあったの？」

リオンはしばし考え込んだ。麗子がリオンのこれまでのことをどこまで知っているのかはわからない。詳細を話せば、いらぬ心配をかけてしまうかもしれない。だからといって、嘘はつきたくなかった。

「細かいことは話せないんですけど、俺があの店で働くと、もしかしたらお店の人や麗子さんに迷惑をかけることになっちゃうかもしれないんです」

麗子は心配そうに身を乗り出してきた。

「大我くんには相談したの？」

「……いえ」

「事情はわからないけど、何か心配事があるのね。一人で抱えて、つらかったわね」

麗子は円熟を感じさせる骨ばった手で、リオンの手を撫でてくれた。

不覚にも涙が出そうになって、ぐっと唇を嚙《か》んでこらえる。

「私みたいなおばあちゃんでは相談相手にはならないかもしれないわね。せめて大我くんには話してみたら？　きっといい解決策を一緒に考えてくれるわよ」

リオンは首を振った。

「大我さんには知られたくないんです」

思いのほかキッパリとした自分の口調に、自分で驚く。

出会ったばかりの頃は、捨て鉢に露悪的に、過去の木島との関係を口にしたりできたのに、好きになってしまったら、怖くなった。

迷惑をかけたくない。知られたくない。嫌われたくない。呆れられたくない。

いろいろな気持ちが胸の中でぐるぐる回る。結局は、全部保身。

「俺って……ホントにダメだな」

ぼそっと呟くと、麗子はリオンの手をやさしくポンポンと叩いた。

「ダメなことなんてひとつもないわ。あなたはこうやってこの世に生きているだけで、百点満点なの」

こぼれそうな涙を必死でこらえていると、麗子は穏やかな声で言った。

「なんてね、慈愛溢れるおばあちゃんを気取っている私の姿を見たら、天国の息子はきっと詐欺だって呆れるわね」

泣くまいと瞠《みは》っていた瞳を、そっと上げる。

「息子さん……？」

「ちょうどリオンくんくらいの歳《とし》のときに、事故で亡くしたの。一人息子だったわ」

麗子の視線はリオンを通り過ぎて、目に見えないものを見ているようだった。

「若いころの私はいわゆる教育ママで、息子を厳しくしつけてお受験させてね。テストで九十点を取ると、取りこぼした十点のことでがっかりしてくどくど叱って、第一志望が不合格だったときには、私の人生も終わりかと思うくらいがっかりしたものよ。生活態度にもしょっちゅうイライラして口出しして」

今の鷹揚《おうよう》な麗子からは想像がつかなかった。

リオンの表情を見て、麗子はふっと微笑んだ。

「それで断絶したとかいう話じゃないのよ。思春期以降は自分で進路を見出《みいだ》していたし、あの子は私の小言なんてどこ吹く風で、まあどこにでもいる普通の親子関係だったと思うわ」

麗子はリオンの手を撫でながら続けた。

「でも、不慮の事故で息子を亡くしてから、思い出すのは自分のくだらない見栄や期待で勝手に怒ったり落ち込んだりしていた頃のことばっかり。取り返しがつかなくならないと気付かないなんて、本当にバカな話だけど、ただ存在してくれているだけで、どれほど幸せだったことか」

リオンは手のひらを上に向けて、麗子の手をそっと握った。麗子はその手をぎゅっと握り返しながら笑った。

「だからね、リオンくんはこうして健やかに生きているだけで、無上の存在なのよ。なにもダメなことなんてないわ。これからも心が健やかでいられるように自分を大切にしていけばいいのよ」

リオンは何度も頷いた。

事情も言えないリオンを励ますために、つらい話をしてくれた麗子に、心の底から感謝した。

自分を、大切にしてもいいのかな。

大我さんを好きな気持ちを、大切にしてもいいのかな。

自分にとって、心が健やかでいられる方向ってどっちだろう。

簡単なようで難しくて、今はまだよくわからないけれど、このままの存在でいいのだと言ってくれた麗子の言葉は、レモネードのやさしい甘酸っぱさと一緒に胸の奥深くまで染み渡った。

8

それから三日ほど考えた末、大我《たいが》に状況を話そうと決めた。

騒動の発端だった木島《きじま》から、変な粘着をされていること。ここにいるといずれみんなに迷惑をかけそうなので、この街を離れようと思っていること。

そっけないわりに面倒見のいい大我のことだから、行く当てもなく出ていこうとしていると思われたら、引き留められるかもしれない。だから嘘も方便で、伯父の家に匿《かくま》ってもらうとでも言うことにした。

有菜《ありな》にも、せっかく雇ってもらったバイトを予定の期日より早く切り上げなければならないことを、謝罪に行かなくてはいけない。

ちゃんと全部きれいに終わらせて、ここを出よう。

絶対的に正しい解なんて、リオンの頭では導き出せない。でも、リオンにとっていちばん大切なのは、大我であり、大我への恋心だった。大我にこれ以上の迷惑をかけないことが、リオンの心がいちばん健やかでいられることだった。

大我は相変わらず仕事が立て込んでいるようで、深夜遅くまで店に戻って作業をしていた。夕食の片付けを終えたあと、リオンは裏口からそっと店を覗きに行った。真剣な顔でミシンを操っていた大我は、ドアを開け閉めする音でちらりと顔をあげた。

営業時間外で、ゆるめたシャツの胸元から、シルバーのシンプルが覗いている。武骨な男のやさしさに、感情が揺らぎそうになる。

「どうした」

「あ……ええと、ちょっと話があるんだけど、今忙しそうだね」

「もうちょっとでキリがつく」

「わかった。お茶の用意でもしておくね」

リオンは母屋に戻り、麗子《れいこ》にもらったレモンを薄くスライスして、紅茶のポットを取り出した。

やかんに水を注いでいたら、流し台の上のスマホに、メッセージの着信が表示された。

木島からだった。

『明日は撮休だから、前のりで会いに来たよ』

『駅前のホテルをとった。今から来ないか?』

唐突な誘いに、心拍数が上がる。

もちろん、会いにいくつもりはない。神経を逆撫でしないように、どう断ろうかと逡巡《しゅんじゅん》していると、たて続けにメッセージが入った。

『あれからいろいろ調べたんだけど、ＴＡＩＧＡって亡くなったパタンナーと随分親密だったらしいね』

『きみが僕につれないのは、もしかして彼のせい？』

大きな石を飲み込んだみたいに、胸の奥がずっしり冷たく重くなる。

大我にとってもリオンにとっても踏み荒らされたくない部分を暴き立てるような内容に、不快な感情がこみあげて返信できずにいる間に、更なるメッセージが届く。

『突然表舞台から姿を消した伝説のデザイナーと、スキャンダルで芸能界を追われたアイドルが、一つ屋根の下で暮らしているなんて、芸能記者が大喜びしそうなニュースだよね』

悪酔いした夜に見る夢みたいな不快なメッセージに、めまいがした。

『きみがこっちに来てくれないなら、今から僕が会いに行くよ。ＴＡＩＧＡにも会ってみたいし』

心臓がバクバクと暴れ出す。

駅の近くに宿をとったというのが本当なら、ここまで歩いて十分もかからない。本当に木島がここに来て、大我の心の内を土足で踏み荒らすようなことをしたら……？

『大我さんはなにも関係ない。俺が勝手に居座ってるだけです』

もっと早くここを出ていくべきだったと、心の底から後悔した。一日でも長く大我のそばにいたい一心で、なかなか決心できなかったのが過ちだった。

『俺が行くから、ホテルで待っていてください』

リオンが返信すると、ホテルの名前と部屋番号が送られてきた。

指先が冷たくなって、頭の中が真っ白になった。

夢みたいな時間はおしまい。今すぐここを出ていかなくては。

ぎしっと床が鳴る音に、心臓が飛び跳ねる。いつのまに戻ってきたのか、大我が台所の入り口から声をかけてきた。

「話ってなんだ」

「あ、うん、とりあえずお茶を……」

慌ててポットに手を伸ばしてみたものの、そんなことをしている時間はないと気付く。さっき大我に声をかけに行った時から、一瞬で状況が変わってしまった。一刻も早く行かないと、木島がどんなリアクションを起こすか知れたものではない。

さっきまでは、木島のことをざっくり大我に伝えるつもりでいた。だが、木島が大我の素性を調べて脅しのネタに使ってきたことで考えが変わった。

事情を話せば、大我は自分のことなどお構いなしで相手に食ってかかるだろう。木島が逆上して、本当にリオンと大我の関係を芸能記者に吹聴したりしたら、大我の静かな生活を乱して、迷惑をかけてしまう。

リオンはポットから手を離し、大我に向き直った。

「実は、前につきあってた人が、よりを戻そうって言ってきて」

声が震えそうになるのを、ひとつ大きな呼吸をして整える。

タレント時代には一応演技の指導も受けたし、テレビドラマにだって出演した。今この瞬間を、完璧に演じ切らなくては。

口角をあげ、薄く笑んでみせる。

「芸能の仕事に戻れるようにしてくれるとも言ってくれて、ラッキーって感じで」

大我から一滴の同情も誘ってはいけない。

大我の生活が穏やかに続いて行くために、出て行ってくれてせいせいすると思うようなやつにならないと。

「正直、時給千円ちょいのバイトとかダルいなって思ってたんだよね。やっぱさ、見た目がいいうちは、ちやほやされて楽に稼ぎたいじゃん？」

大我は腕を組んで柱にもたれ、無表情にリオンを見つめていた。目が合うと心が揺らいで、感情が溢れ出しそうになる。

だから視線をそらして、へらへら笑ってみせた。

「なんか今、迎えに来たって連絡が入ったから行くね。じゃあ、お世話になりました」

大我の横をすり抜けて、逃げるように居間を横切る。部屋の端にちょこんと座っていた姫を反射的に掴んで、そのまま駆け出した。

靴のかかとを踏んだまま、通りを数十メートル走ったところで、スマホを流し台の上に忘れてきたことに気付いた。

どうせロックがかかっているから中身を見られることもない。置いて行こう。

ホテルの名前と部屋番号は覚えている。前に大我とレストランに行ったときに前を通ったあのホテルだ。

目尻から溢れそうになったものを手の甲でごしごしこすって急ぎ足で歩きながら、スマホを置いてきたのは逆に正解だったかもしれないと思う。もうこれで、大我と連絡を取り合う手段はないし、自分の居場所も特定できない。

この夏は、人生でいちばん楽しい夏だった。この思い出だけで、この先なにがあっても、一生頑張れる気がする。

腕の中でしっかりと存在感を主張する姫が頼もしかった。スマホは忘れても、姫は忘れなかった俺、天才かも。スマホなんてただの無機質な機械だけど、姫は大我の手から生まれた唯一無二の宝物だ。

楽しい記憶と、姫の存在が、リオンの背筋をしゃんとさせた。

ホテルの回転ドアの前で、リオンは大きく深呼吸をした。ドアは異次元への入り口のようにも見えた。

姫を抱く手に力を込めて、感傷に引きずられそうになる自分を奮い立たせる。

中に入ると、こぢんまりしたロビーで待ち構えていた木島が笑顔で歩み寄ってきて、そのままエレベーターホールへと誘導された。

「リオン。来てくれて嬉しいよ」

エレベーターの浮遊感に身を任せながら、木島は上機嫌でリオンの顔を覗き込み、軽く目を見開く。

「目が赤い。泣いてたの？」

リオンは黙って唇を噛んだ。

ダブルのセミスイートルームは、こんな時でなければ思わずはしゃいでしまいそうな部屋だった。

あたたかみのある調度とリネンで整えられた居心地のいい空間は、リオンが数か月前に息をつめて潜んでいたビジネスホテルの無機質な部屋とは対照的だった。

「お腹は空いてない？　ルームサービスをとろうか。それともなにか飲む？」

リオンは無言でかぶりを振った。

木島は困ったように眉を下げる。

「TAIGAのところに帰りたいの？　本当は来たくなかったんだろ？」

リオンはもう一度首を横に振った。

「帰らない。木島さんと行く。今すぐ東京《とうきょう》に戻ろう」

大我に害をなすかもしれない存在を、ひとときでも早くこの街から遠ざけたかった。

木島はほっとしたように笑って、リオンをソファに誘導した。

「まあそう慌てるなよ。せっかく部屋をとったんだから、久しぶりに二人でゆっくりしよう」

並んでソファに座ると、木島は深いため息をついた。

「夢みたいだ。またこうしてリオンと過ごせるなんて」

リオンは姫を木島から守るように、木島から遠い側の腕で抱きしめた。

「親父と事務所の社長がリオンに何をしたか知ったとき、人生でいちばん絶望したよ。しばらくは何も考えられなかった」

木島はリオンの片手を摑み、自分のひざ元に引き寄せた。

「僕は決して褒められた人間じゃない。欠点だらけで、ダメなところだってたくさんある。でも、謹慎中にはっきりわかったことがある。リオンのことが本当に大切なんだ。リオンのためならなんだってする」

宝物のようにリオンの手を撫で、ふと、指先に目を凝らす。

「ここ、どうしたの。傷がある」

「……包丁でちょっと切っただけです」

「夏なのにひどく荒れてる」

有菜の教室でのバイトや、麗子の家の菜園仕事で、言われてみれば確かに以前より手がかさついていた。そんな自分の手を愛《いと》おしいと思った。

「かわいそうに。僕のところに来たら、絶対に手が荒れるようなことはさせない。大事にするよ。リオンは何もしないで僕のそばにいてくれたらいい」

リオンの表情を見て、畳みかけるように続ける。

「もちろん、リオンが仕事に復帰したいなら、前にも話した通り世間の誤解を解く覚悟もある。親父だって、僕に死なれるくらいなら僕の言うことを聞いてくれるに決まってる」

父親を恫喝しようとでもいうのだろうか。

木島の必死さは、ますますリオンの気持ちを遠ざけると同時に、ひどく物悲しい気持ちにもさせた。

教師と生徒という役柄で出会い、リオンには木島が本当に頼りがいのある先生に見えていた。でも、俯瞰《ふかん》して見れば、同じ二十代の青年同士。理想の先輩のイメージを押し付けるのはリオンのわがままだった。芸能一家の中で育った木島も、リオンとはまた違う不自由さや生き辛《づら》さを抱えて生きてきたのだろう。

ふいに部屋の電話が鳴り出した。静寂を破るその音に、リオンは驚いて身をすくませたが、木島は何も聞こえないかのように、リオンの手を撫でている。

「……木島さん、電話が」

「気にしなくていい」

面倒くさそうにそう言う。やがて呼び出し音は途切れた。

「今度こそ、僕が幸せにする。絶対に幸せにするから」

木島の熱のこもった言葉は、今その真逆の状況に置かれているリオンの耳に滑稽に虚《むな》しく響いた。

そして、そんなふうに思ってしまう自分を、申し訳なく思った。

愛情なのか執着なのか、いずれにしてもこんなに自分を求めてくれる人を、冷めた目で見ている自分。

あれほど欲していた愛とは、いったいなんだったのだろう。

自分に対して心が向いていない相手に執着しているという意味では、木島と自分は同じだった。

いっそ自分に選択肢がないことが、ありがたかった。大我に害が及ばないように、木島が飽きるまでそばにいるほかない。それがリオンにできる最良のことなのだ。

「リオン」

木島の手が顎にかかり、そっと視線を合わせられる。

知ってる、この空気。

これから自分は木島に抱かれるのだ。

過去、何度もそうされてきた。カウンターのメモリが増えるだけ。別にどうということはない。

頭ではわかっているのに、心と身体がついていかない。思わず距離を取るように、ぎゅっと姫を抱き寄せていた。

木島は胡乱げに姫の耳を引っ張った。

「なにこれ、キャラ変？　ぬいぐるみを愛《め》でるようなタイプじゃなかっただろ」

リオンの手から奪い取った姫を、床に落とし、唇を奪いに来る。姫を拾おうと手を伸ばしたせいで、木島のキスを拒むような体勢になった。

木島は心外そうに眉根を寄せた。

「やっぱり新しい男の方がいいの？」

「そんなんじゃ……」

「僕のことなんかどうでもよくなるくらい、ＴＡＩＧＡとやりまくった？」

下世話な表現をする木島に、リオンは強く首を振った。

「大我さんとは、そういうのじゃありません」

「そういうのって？　僕みたいな低俗な肉欲じゃなくて、もっと高尚な愛できみを包んでくれたとでも?」

「あの人は、俺に興味なんてない。行きがかり上、居候させてくれただけです」

「そんなふうに必死で庇《かば》おうとして、彼のことが大好きなんだね」

木島は昏い目をして言った。

リオンが答えずにいると、ふっと鼻で笑った。

「皮肉な話だよね。きみの心が別の人のところにあるおかげで、僕はこうしてきみを束縛できるんだから」

木島はリオンの逃げ場を塞ぐようにソファに押し倒し、覆いかぶさってきた。

「僕以外の相手のところで幸せになるくらいなら、僕のところで不幸でいてくれた方がいい」

そう言ってシャツに手をかけてくる木島に対して、リオンは抵抗する手を止めた。

リオンも同じようなことを真逆で考えていた。

そばにいて大我が厄介なことに巻き込まれるくらいなら、二度と会えなくても幸せでいてくれた方がいい、と。

いまさら、何をどうされたって、減るものじゃない。なんなら、思いっきり大袈裟《おおげさ》に喘《あえ》いでみせようか。

投げやりに木島の体重を受け止めながら、まなじりを涙が伝った。

なんで泣いてるんだよ。バカみたい。

泣く必要なんてひとつもない。自分は今、できうる限り最善のことをしているはず。むしろ生まれて初めて、自分を誇ってもいいくらいだ。

しかし、理性ではそう思っても、感情は木島を拒んだ。

両手でぐっと木島の身体を押し返すと、シャツのボタンを外そうとしていた木島は、リオンの顔を見下ろし、動きを止めた。

「……そんな顔で泣くくらい、僕が嫌い？」

苛立ちとも悲しみともつかない視線で見下ろされて、リオンはゆるゆると首を横に振った。

ほんの端役だった自分に、木島が気さくに声をかけてくれたときには、本当に嬉しかった。大らかでやさしくて、本当に素敵な先輩だと思った。

間違えたのは、リオンの方だ。自分に向けられる愛情を失うことを恐れて、恋愛感情はないのに流された。その結果が、この歪《ゆが》んだ執着につながった。

数秒、そうして見つめ合っていると、ドアの方から物音がした。部屋のロックが外れる音。

木島がリオンの上から身を起こし、ドアの方を振り返った。その頭越しに、大我の仏頂面が見えた。

頭が真っ白になる。

なんで？　どういうこと？

「あんたは……ＴＡＩＧＡか？　いったいどうやってキーを……」

してきた。

啞然《あぜん》とする木島を無言で乱雑に押しのけると、大我は服のはだけたリオンを怖い顔で見下ろ

「帰るぞ」

腕を引っ張ってソファから引き起こされ、そのままドアへと連れて行かれる。

「おい、待てよ」

我に返った様子の木島が、ドアと大我の間に立ちふさがった。

「不法侵入で警察を呼ぶぞ！」

「ぜひ。不同意性交未遂で、突き出して欲しいなら」

大我の不機嫌そうな低い声に、木島が一瞬怯《ひる》む。

「……なにわけのわからないことを言ってるんだ。僕は恋人を迎えに来ただけだ。すべて同意の上だ」

大我の視線が、リオンを胡乱げに見つめる。

「……木島さんの言う通りだよ」

リオンは大我の手を振りほどき、慌てて涙を拭いながら言い募った。木島の神経を逆撫でして、怒りの矛先が大我に向くのはリオンが最も望まないことだ。

「俺をダシに使う手口が気に入らない」

そう言って、大我はボトムスのポケットからリオンのスマホを取り出した。

リオンは恐々大我の顔に視線を向けた。

「……中、見たの？」

ＴＡＩＧＡを脅しの材料にして呼び出されたことや、このホテルにいるのを知っているということは、木島とのメッセージのやり取りを見られたということだ。

「ああ」

「……ロックがかかってるのに、どうやって？」

「連絡先の交換をしたときに、俺の目の前でパスコードを入力しただろう」

確かにそんなことがあった。まさか記憶されていたなんて。

「まあ、スマホなんか見るまでもなかったが」

大我は呆れたような声音で言った。

「おまえはやっぱり芸能界には向かないな。あんな下手くそな演技で俺を騙《だま》せるとでも思ったのか」

飛び出してくる際のリオンの言葉は、あっさり嘘だと見抜かれていたようだった。

気まずく唇を嚙むリオンの頭越しに、大我は木島の方に視線を向けた。

「俺の過去に世間のニーズなんかないと思うが、あんたが面白おかしく言いふらしたいなら、好きにしてくれていい」

木島は身体の両脇で拳を握ったまま、じっと立ち尽くしている。

「こいつは連れて帰る」

腕を引っ張られて、リオンは散歩を拒む犬のようにその場で足を突っ張った。

「帰らない。大我さんがよくても、俺はよくない。大我さんの生活に面倒なことが起こるのは嫌だ」

大我は呆れたように口角を小さくあげた。

「なにをいまさら。おまえが転がり込んできた時点で、もう充分面倒に巻き込まれてる」

「……だからさっさと帰ってよ」

「おまえのおかげで、面倒も悪くないと知ったよ」

苦笑いでぐしゃっと頭を撫でられて、喉の奥が痛いくらいに熱くなる。

じゃあ、俺が楽しいって感じていたとき、大我さんも少しは同じ気持ちになってくれてたの？

そう思ったら、嬉しくて、嬉しくて、だからこそ、大我に迷惑をかけたくないという思いはもっと強くなる。

ぐっと踵《かかと》に力を入れてその場に立ち尽くしていると、木島が大きなため息とともに、ソファにどさっと腰をおろした。

足元に落ちていた姫を拾い上げ、じっとボタンの目を見つめる。

「泣くほど嫌がられて、しかも脅しの切札も無効。もう笑うしかないな」

木島は口角を歪めて、姫をリオンの方に突き出してきた。

リオンはおそるおそる手を伸ばし、姫を受け取った。

「ここから先は、僕のいないところでやってよ」

状況に気持ちがついていかなくて、姫を抱えて呆然《ぼうぜん》としていると、大我に背中を押されて、部屋の外へと出された。

ドアの前には、キーを手にしたホテルスタッフが立っていた。

「助かりました。オーナーによろしくお伝えください。なにか支障があれば、私が全責任を負うのでご連絡ください」

大我はスタッフにそう言って一礼し、リオンをエレベーターホールへと促す。

リオンは混乱しながら大我を見上げた。

「……どうやってキーを開けてもらったの？」

「フロントから部屋に電話をかけても応じないから、麗子さんに連絡して頼み込んだ」

「麗子さん？」

どうして今その名前が出てくるのだろう。

「このホテルのオーナーだ」

「え……」

あの麗子さんが、ホテルオーナー？

驚いて目を丸くしているリオンを、大我はエレベーターの中へと押し込んだ。

「緊急事態だからとざっくり事情を説明したら、おまえが俺に言えないことで最近悩んでいたって麗子さんが教えてくれた。すぐに開錠の手配をしてくれたよ」

リオンはぎゅっと唇を噛んだ。

「このところ様子がおかしいのは、俺もなんとなく気付いてた」

大我はリオンを横目で見下ろして眉をひそめ、はだけたシャツのボタンを掛け直した。

「なにかされたのか」

不機嫌そうに訊ねられ、にわかにいたたまれない気持ちになる。

「……されてないし、されたって別になんてことない。いまさらだし」

心配される価値もない身だ。自分なんかのために大我が面倒の渦中に飛び込んできてくれたことが申し訳なくて、つい反抗期のようなひねくれた言い方をしてしまうと、いきなり頬をつままれた。

「痛っ！　ちょっ、離してよ、痛いってば！」

「じゃあくだらないこと言うなよ」

叱るとも癒すともつかない手つきで、頬をぺちぺちと叩いて、大我の手は離れていった。

ついさっき、もう二度と戻ることはないと思い詰めて歩いてきた道を、大我と二人で肩を並べて歩いているのが信じられないような不思議な感覚だった。

最前の木島とのやりとりでヒリヒリした気持ちや、大我が来てくれたことへの驚きや、色々な感情が湧きあがり、プラスなのかマイナスなのかわからない揺らぎが不安定に胸の中でせめぎ合う。

一緒に帰れることがすごく嬉しくて、でもこれが正解なのか間違いなのかわからなくて、幸せだけど怖かった。

9

晩夏と初秋の間の夜気は、思ったよりもひんやりとしていて、家に着くころには手足の先が冷えていた。

「さっき飲みそこなったお茶を淹《い》れるか」

珍しく大我《たいが》がお茶を淹れてくれた。

レモンが香り立つ紅茶の湯気ごしに、リオンは立てた膝に姫を抱えて、上目遣いに大我を見た。

「迷惑かけて、ごめんなさい」

「まったくだ。今後はなにかあったら、まず俺に言え」

今後。

今後もそばにいていいのかな。

それはとてつもなく嬉《うれ》しいことで、でも、大きな問題がある。

リオンは紅茶を一口飲んだ。

「すっぱ」

浮かんだままのレモンをスプーンで取り出して、スティックシュガーを三本ほど投入した。

「言えって言ってくれたから、言うんだけど……」

呆《あき》れ顔でリオンの手元を眺めている大我を尻目に、スプーンでぐるぐるかき回して、甘い液体をのどに流し込んで続ける。

「ここでなにごともなかったかのように大我さんと一緒に暮らしていくには支障があってさ。俺、実は大我さんのことが好きなんだ」

あんなに悟られないように気を付けていたのに、今しがたのあれこれで感情の揺れが大きすぎて、感覚の一部が麻痺《まひ》していた。

じっとこちらを見つめる大我の目をさけるように、湯気の立つカップに視線を落とす。

「好きっていうのは、人としてってことじゃなくて、恋愛的な意味でってこと。もちろん俺だって好きで好きになったわけじゃないし、大我さんには好きな人がいるのもわかってるし、でも自分ではどうにも好きをとめられなくて」

しゃべり始めたら変なスイッチが入って、止まらなくなった。

「この前、大我さんの好きな人にもご挨拶させてもらって、もうこの世にいない人に俺が勝てるわけないのはわかってるし、その人を好きな気持ちごと大我さんのことを好きでいたいって思ってるけど」

目をあげると、大我が当惑げに眉をひそめるのが見えた。

「でも、人生は長いし、この先、大我さんに新しく好きな人ができることだってあるかもしれないし、その時になって、実は俺もとか言ったら、聞いてねえよ！　みたいな話になるかもだし、だいたい、有菜《ありな》さんだって大我さんのことを好きなのに、あと出しで俺もとか卑怯《ひきょう》だし、それに……」

斜面で雪玉を転がすみたいに、言葉は止まらず、自分でもわけがわからない勢いをまとってどんどん加速していく。

「俺が大我さんを好きなせいで、今回みたいにまた迷惑をかけることになったら嫌だし、だったら好きじゃなくなりたいけど、でも好きなものはしょうがないし、そもそもなんで大我さんなんか好きになっちゃったんだろうって、もう自分でもわけわかんないけど……」

自分の力では止められないおかしな興奮状態と混乱に陥っていると、座卓越しに大我の手が伸びてきて、口をふさがれた。

「一周回って悪口になってるから、一回黙れ」

大我のひんやりとした手のひらの質感を唇に感じながら、リオンは口をつぐんだ。

しんとした空気の中に、自分が発した言葉の端切れが散乱しているのが感じられて、いたたまれなくなる。

「少しは俺にもしゃべらせろ」

目を見て言われ、おどおどと頷《うなず》くと、大我の手がゆっくりとリオンの口から離れていった。

「まず、墓参りにおまえを連れて行ったのは、隼《はやと》をおまえに紹介するためじゃない」

図に乗るなと言われたようで、リオンは唇を尖《とが》らせた。

「わかってるよ。たまたま用事のついでだっただけで……」

「そうじゃない。おまえを隼に紹介しようと思ったんだ」

「……は？」

なんのロジックだよと眉根を寄せるリオンに、大我は真顔で言った。

「大事な相手ができたことを、報告しに行った」

リオンは怪訝《けげん》に大我の顔を見つめ返した。

「……どういう意味？」

「どういうもこういうも、その通りの意味だ」

その通りって、どの通りだよ。

答えを求めるように、腕の中の姫の青い目を覗《のぞ》き込む。

「……それだとまるで、大我さんも俺のことが好きみたいじゃん」

「だからそう言ってる」

「……は？」

「そうでもなきゃ、勝手にスマホを覗いたり、ホテルの部屋をこじ開けさせるような違法行為をするわけないだろう」

　呆れたような顔で言う大我に、ただただ唖然《あぜん》とする。

「そ……そんなドヤ顔でなに言ってるんだよっ。大我さんが俺を好き？　そんなわけないだろ！」

　大我はやれやれという顔でため息をついた。

「じゃあ逆に、俺はどんなわけでおまえにこんなに振り回されてるんだ」

「どんなって……捨て猫を拾うヤンキーみたいな感じ？」

「誰がヤンキーだ」

　大我の真顔のツッコミに、笑おうとするけれどどきどきしすぎて笑えない。畳から身体《からだ》が数センチ浮き上がっているみたいにふわふわして、すべてが現実とは思えなかった。

「……ホントに俺のこと好きなの？」

「だからそう言ってるだろ」

「そう言ってるとかじゃなくて、じゃあ、一回、ちゃんと好きって言ってよ」

　信じられなすぎて、つい、そんなことを言ってしまう。

　大我はため息をついて、立ち上がった。

　怒らせた？　いい加減呆れた？

内心動揺していると、大我は座卓を回り込み、リオンの傍らにきて屈《かが》んだ。

リオンの頭に手をのせて、視線が合うようにぐいと顔をあげさせる。

「……好きだよ。愛《いと》おしいと思ってる」

仏頂面から放たれたその言葉の破壊力に、頭のてっぺんから足の先まで雷に打たれたみたいな衝撃が走って、リオンは姫を抱えて畳に突っ伏した。

「やっぱいい！　そういうの無理！　ナシ！」

殺傷力が高すぎて、せがんだ自分を呪いたくなる。

「おまえ……失礼にもほどがあるぞ」

呆れたように言って、リオンをぐいと引き起こした大我が、目を見開く。

「おい。どうして泣く」

「わかんないよ！」

なにかのスイッチが壊れたみたいに、とめどもなく涙が溢《あふ》れ出てくる。

好きな人が、自分のことを愛おしいという。そんなこと、自分の人生に起こるはずないのに。

さっきからずっと続いている、嬉しいのか怖いのかわからない気持ちがもっと強くなって、横隔膜が勝手に震えて、嗚咽《おえつ》が止まらなくなる。

「ひ……っん」

姫に顔を埋めてしゃくりあげていると、ぐいと奪い取られた。

「相手が違うだろ」

怒ったような口ぶりと共に、大我の腕に抱き寄せられる。

こんな距離感で大我に触れるのは初めてで、シャツの胸にぎゅっとしがみついたら、とてつもない安心感と、ときめきと、でもやっぱりなんだか夢みたいな怖さがあって、もっと涙が溢れた。

大我の手が、思いがけないやさしさで背中を撫《な》でてくれる。

「幼児だってそんな泣き方しないぞ」

「だって、自分でも止め方がわかんなくて……」

「別に無理に止めなくてもいい。気が済むまでそうしてろ」

ぐずぐずと泣きじゃくりながら、冷えていた腕に大我の体温が移って、同じ温度になっていくにつれ、少しずつ不安が薄らいで、ときめきの配分が増えていく。

俺は大我さんが好きで、大我さんも俺のことを好きでいてくれて、今、こうして大我さんの腕の中にいる。

実感したらつんと幸せがこみあげてきた。

もしもこの先の人生になにひとついいことがなかったとしても、今この瞬間のこの幸福感だけで、百年だって生きていける。

どれくらいそうしていただろうか。

大我の手が背中から肩に移動して、リオンの身体をそっと引きはがそうとしてきた。リオンははがされまいと、ぎゅっとしがみついた。

「おい。もう涙は止まったんだろう」

「やだ」

「なにがいやなんだ」

なにもかも。離れるのもいやだし、顔を見られるのも恥ずかしくて気まずくていやだ。

でも、強引にバリッと引きはがされ、間近に顔を見られてしまった。

大我はふっと口角をあげた。

「すごい顔だな」

「……うるさい」

「シャツの痕がついてるぞ」

ぐしゃぐしゃになっているであろう前髪を、指で持ち上げられる。大我の顔が近づいてきて、痕をまじまじと確かめているのかと思ったら、額にふわっとキスをされた。

「やっ……」

思わず変な声が出て、身体がびくっと反応した。

「あ、悪い」

それに驚いたように大我が身を引く。リオンは慌てて大我にしがみついた。

「なんで謝るんだよ！」

大我は言葉を探すように、一瞬空を見た。

「怖がらせることはしないように気を付けてきたつもりだ。俺の性指向も知られているようだし、おまえは同性から意に沿わない関係を強いられたトラウマもあるだろう。怯《おび》えさせないように、ゆっくり距離を詰めようと思っていた」

大我の顔に、やや困ったような表情が浮かぶ。

「だが、今日の急展開で、ちょっとスタンスが狂った。調子に乗って怖がらせて悪かった」

リオンは目を丸くして、ぶんぶんと首を振った。

「怖がってない。大我さんがキスしてくれるなんて思わなかったから、びっくりして、どきどきしただけ」

この気持ちをどう表現したらいいのか、もどかしくなる。

「強いて言うなら……」

リオンは泣きはらした目を泳がせながら言った。

「おでこより、口がよかった」

大我は力が抜けたようにふっと笑った。吐息が近づき、流れるように唇を塞がれた。

「ん……」

本当に電気が発生しているんじゃないかと思うくらい、唇から身体の芯までびりびり痺《しび》れて、リオンは夢中で大我にしがみついた。

触れた唇から、絡めた舌から、もどかしい疼《うず》きが湧き上がって、身体がスライムみたいに流動化しそうだった。

信じられない。大我さんと、キスしてる。

キスのあわいに、大我は苦笑いで囁《ささや》いた。

「さっきの砂糖のせいか、甘ったるい」

「……ごめん。さすがに三本は入れすぎだった」

だけど気持ちを打ち明けるには、それくらいのカロリーが必要だった。

「別に、悪くない」

甘さを全部味わい尽くすようなとろけるキスは、リオンを夢心地にさせた。

「……溶けちゃいそう」

リオンはうっとり呟《つぶや》いた。

「幸せすぎて、いっそこのまま溶けてなくなっちゃえたらいいのに」

大我は呆れたように睥睨《へいげい》してきた。

「この程度でそんなことを言われたら、これ以上はできないな」

「え、やだ。もっとする。したい」

衝動的に口走ってから、急に我に返る。

さっきあんな目に遭いかけたばかりなのに、軽いやつって思われたかな。

だからといって、真摯に一途な気持ちを前面に出すのは恥ずかしくて、ついはすっぱな自虐を口にしてしまう。

「散々色々してきた身だし、新鮮味ないかもだけど」

大我の目に、チリッと苛立《いらだ》ちのようなものが揺らぐ。

「そういういい方は、好きじゃない」

「……ごめんなさい」

「新鮮味がないかどうか、試してみればいい」

大我の体重を受け止めながら、リオンは慌てて言い返す。

「俺がじゃないよ！　大我さんにとって新鮮味がないって話」

「うるさい。少し黙ってろ」

唇を塞がれて畳に仰向《あおむ》けにされ、キスの雨を浴びせかけられる。

シャツの内側に滑り込んできた大きな手が、のけぞった身体の骨格を辿《たど》るように、ゆるやかな愛撫《あいぶ》をくわえてくる。

「んっ……あ……」

大我に触られていると思うだけで、全神経が怖いくらい敏感になる。大我の指は日常的に布地や針を操るせいで、指先の皮が厚くて、少しざらついている。その指先に肋骨《ろっこつ》をなぞられると、喉奥から上擦った声が出てしまう。

「まって、ヤバい……ぁ……」

瞬く間に身体の中心に熱が集まるのを感じて、自分の簡単さが恥ずかしくなる。気取られまいと身を捩《よじ》ったが、すぐに引き戻されて、気付かれてしまった。

「新鮮味云々《うんぬん》はどうした」

「だからっ、俺にとっては新鮮味しかないんだってば！　好きな人とするの、初めてだしっ」

どきどきしすぎて、いたたまれなくて、無駄吠《ぼ》えする子犬のように切れ散らかしてしまう。

「だったら素直にしてろ」

「うぅ……」

好きな相手に身をゆだねることが、こんなに幸せで、こんなに恥ずかしいことだなんて知らなかった。

今まで、セックスはジェットコースターと同じだと思っていた。絶叫系の乗り物は、そもそも得意ではなかった。それでも乗れないわけではないし、耐えていれば必ず終わりはやってくるし、良くも悪くも道中にはそれなりの刺激がある。

でも、好きな人に愛されるのは、まったく別物だった。

普段のそっけなさからは想像もつかないくらい、大我の愛撫は細やかでやさしかった。リオンが感じやすいところにすぐに気付いて、リオンの身悶《みもだ》えが止まらなくなるくらい念入りに愛

してくる。

言葉よりも雄弁なキスでリオンの素肌を埋め尽くし、やがてその唇が、ずれ落ちたボトムスの際に触れる。

大我の意図を察して、リオンは驚いて身を引いた。

「や……そこは……」

水をさすなと言わんばかりに、大我が睨《にら》み上げてくる。

「なんだよ」

「俺がするし」

「いずれな」

「ゃ……待って、俺、する方が慣れてるし……されたことないから、恥ずかしいし、やだ」

大我は一瞬動きを止め、それから「あいつ……」と憤《いきどお》ろしげに呟いた。

「天国に連れて行ってやる」

そう言うと、恥ずかしがってずり上がろうとするリオンの腰を摑《つか》んで、すっかり敏感になっている場所に唇を寄せてきた。

「やっ……あ、あ……っ」

目の前に火花が散るような快感が走る。

物理的な刺激だけではなく、好きな相手から寄せられる情愛が、心をとろかし、リオンをより敏感にする。吐息や微《かす》かな息遣いすら、粘膜の神経がすべてをすくい取り、頭がおかしくなりそうな快感に変換していく。

「だめ、待って、いっちゃうから……ぁ……」

半泣きになって身を捩ると、大我はリオンを快楽の高みに容易《たやす》く導いてくれた。

だが、それで終わりではなかった。一度極めた興奮を、甘やかすように緩急をつけながら、終わりのない興奮へと導いていく。

天国がこんなにとんでもないところだなんて、リオンは知らなかった。こんなふうに心の底から乱れたことはなかったし、快楽に溺れたこともなかった。

めちゃくちゃ気持ちよくて、めちゃくちゃ幸せで、でもどうしたらいいかわからなくて、大我の硬い髪をかき回しながら、甘ったるい悲鳴を上げ続けた。

リオンを何度もめくるめく高みまで放り投げると、大我は満足げにリオンを解放し、いつになくやさしい手つきで、頭を撫でてくれた。

「生きてるか？」

「……生きてない」

「二階に運んでやる」

大我の言葉に、リオンはパッと顔をあげた。

「終わったみたく言わないでよ。俺ばっかこんなの、ありえないし」

「そういう気遣いは無用だ」

「気遣いじゃない」

リオンは頬が熱くなるのを感じながら、喘《あえ》ぎすぎて擦れた声で言った。

「最後までしたい。ホントに大我さんと両想《りょうおも》いなんだって、実感したい。……大我さんが嫌でなければだけど」

「……嫌なわけがないだろう」

大我は膝立ちになると、ひょいとリオンの身体を担ぎ上げた。

「ひゃ……なにを……」

「こんなところでやったら、背中が擦り切れるだろう」

連れていかれたのは、大我の寝室だった。

初めて入る部屋の、セミダブルベッドのスプレッドの上に、そっとおろされる。リオンの膝に引っかかっていたボトムスを抜き取ると、大我はシャツを脱ぎながら、リオンの身体を挟むように、膝立ちでベッドに乗ってきた。

スプリングの動きに合わせて、心臓が跳ねる。散々快感を解放した身体が、また新たに疼きだす。

大我の前に全部をさらけ出す姿勢を取らされて、先ほど以上の時間をかけて念入りに奥をほぐされたときには、恥ずかしさで自らせがんだことを後悔しかけたけれど、散々じらされたあとにようやく大我を身の内に受け入れたときには、幸せで視界がぼやけた。

「……きつくないか？」

なにかをこらえるように声をひそめながら、気遣わしげにそう訊《たず》ねてくる大我の声に、また泣きそうになる。

「平気。めちゃくちゃ嬉しい……あ、あっ……」

緩やかな動きを繰り返しながら、大我の興奮が隙間なくリオンの内を満たしていく。

さっきの天国もすごかったけれど、こうして一緒に高まり合う感覚はこの世でいちばんの幸福をリオンにもたらした。

好きな人に愛されているのだと思うと、際限なく頂点が訪れ、喉がおかしくなるくらい何度も大我の名前を呼んだ。

感じすぎて朦朧《もうろう》としながら、壊れた涙腺がまた決壊した。奥を穿《うが》たれ、快感に身悶えして頭を打ち振ると、涙のしずくが唇に転がり落ちた。

しょっぱいはずの涙は、なぜか甘かった。

気のせいなんかじゃないはず。だって、リオンの奥で爆《は》ぜながら、頬の涙に口づけた大我が、「甘いな……」と感に堪《た》えないふうな声で呟くのが、夢うつつに聞こえたから。

10

ふわふわと、あたたかいお湯の中を浮き上がっていくような、心地よい目覚めだった。瞼《まぶた》の向こうはもう明るい。起きなきゃと思うのに、瞼を開くのが億劫《おっくう》だった。まだもう少し、眠りの中をたゆたっていたい。

身体に巻き付いた上掛けは柔らかくてあたたかくて、いい匂いがした。安全に守られているような、でも、心がそわそわするような、いい匂い。

しばらく夢とうつつの間を行き来する間に、それが自分の寝具ではないことに気付いた。思い切って目を開けると、見慣れない天井が目に飛び込んできた。

一気に昨夜の出来事が脳裏によみがえり、リオンは上掛けを跳ね飛ばして起き上がった。

「……っ」

身体のあちこちに、筋肉痛のような痛みが走る。

部屋に大我《たいが》の姿はなかった。慌ててベッドから下りようとしたら、膝に力が入らずに、転落したみたいになってしまった。

「うわっ」

思わず漏れた声がガサガサに嗄《か》れていて、唖然とする。

昨夜は喉を酷使しすぎた。

喉だけじゃない。

思い出すと顔が発火しそうに熱くなっていく。

夢みたいに幸せで、でもなんだかいたたまれない気まずさがある。大我の前でどんな顔をしたらいいのかわからない。

自分では記憶がないが、上半身には大我のパジャマをまとっていた。床に落ちていた自分のボトムスをもたもたとはいて、なんだか自分のものではないような筋肉を、慎重に操りながら、廊下に出た。

台所から人の気配がして、コーヒーの香りが漂っていた。大我と顔を合わせるのが恥ずかしくて、ひとまず居間へと向かったら、いきなり有菜《ありな》と鉢合わせした。

「リオンくん、おはよ。あのね、毎朝秒で売り切れちゃうクロワッサンを奇跡的にゲットできたから、一緒に食べよ」

「あ……ありがとうございます」

動揺しながら返したリオンの声に、有菜が眉をひそめる。

「声、どうしたの？」

「えと……」

口ごもるリオンの顔を、しげしげと見つめてくる。

「目も随分腫れてるよ。なにかあった？　もしかして、大《たい》ちゃんと怒鳴り合いの大げんかでもした？」

「いえ、あの……」

リオンは視線を泳がせた。

ふわふわと浮かれている場合ではなかった。有菜は大我の元妻で、しかも嫌いで別れたわけではないと、本人の口から聞いていた。

ここに転がり込んでから、有菜には言い尽くせないほど世話になっているのに、なんの事情説明もできないまま、一夜にして既成事実を構築してしまった。

恩を仇《あだ》で返すとは、まさにこのこと。

動揺するリオンを怪訝そうに見つめていた有菜の目が、ふと、パジャマに留まる。

「それ、大ちゃんの？」

観念して、リオンはその場にすとんと正座し、有菜に頭を下げた。

「ごめんなさい！」

「え？　ちょっと、なになに？」

「俺……有菜さんがいるのに、大我さんのことを好きになっちゃったんです」

「いや、待って待って、頭をあげてよ。謝られるようなことなにもないよ？　ね？」

「あんなに親切にしてもらったのに、泥棒猫みたいなことを……」

「泥棒猫って、随分コテコテな表現ねぇ」

「本当にごめんなさい。あの、俺、罪を償うためなら、どんなことでもします」

うーん、と、有菜が考え込むように唸《うな》った。それから、ワントーン落とした声で言う。

「じゃあ、大ちゃんを好きな気持ちをなかったことにしてって言ったら？」

リオンは一瞬言葉に詰まり、それからもっと深く頭を下げた。

「どんなことでもって言っておきながら、ごめんなさい、それだけは無理です。ほかのことなら、どんなことでもします。でも、大我さんを好きな気持ちはどうやってもなくせません。記憶を失っても、死んでも、絶対絶対ずっと好きだと思うから……」

「……だそうだけど、ご感想は？」

自分以外の誰かに話しかける口調に、ガバッと顔をあげると、カップの載ったトレーを持った大我が仏頂面で立っていた。

全身の血が、ぶわっと顔面に集まっていく。

大我はため息をついて、有菜の前にコーヒーカップを置いた。

「話があると言ったのは俺なのに、なんでこいつを尋問してるんだ」

「人聞きの悪いこと言わないでよ。リオンくんが勝手に自爆してくれちゃっただけ」

有菜は固まっているリオンの方を振り返った。

「昨日、夜中に大ちゃんから、報告したいことがあるって連絡をもらったの。それで仕事の前に寄らせてもらったんだけど、そっかぁ、そういうことかぁ」

傷つけ悲しませてしまうのではと怯えていたのに、有菜は冷やかすような笑いを口元に浮かべて、架空のマイクを大我に向けるしぐさをした。

「元妻権限でお聞かせ願いたいんですけど、リオンくんのどこを、いつ、好きになったの？」

有菜の芝居がかった冷やかしに、大我は仏頂面でコーヒーを啜《すす》った。

「いつかなんて、覚えてない」

「じゃあ、どこを？」

リオンは気が気ではなかった。そんな質問、大我が不機嫌になるに決まってる。

しばらくの沈黙のあと、大我はだるそうに口を開いた。

「へらへら虚勢を張ってみせるけど本当はものすごいビビりなところとか。いい歳《とし》をして人形遊びが好きとか。一生懸命な割に空回りしかしないし」

「悪口じゃん、全部！」

聞いていられなくて、思わずガラガラ声で嚙《か》みつく。

「味のない握り飯を食わせようとしたり」

「最初だけだよ！　最近は有菜さんのおかげでめちゃくちゃ料理の腕上がったしっ！　いつも

おいしいって言ってくれるじゃん！」

たまりかねたように、有菜は笑い崩れた。

「もー、お似合い以外のなにものでもないね。クロワッサンじゃなくて、お祝いのケーキを買ってくるべきだったな」

涙が出るほど笑い転げたあと、

「ちょっと誤解させちゃってたみたいだけど」

有菜は「あーおかしい」と目尻を拭いながらリオンに向き直った。

「私にとって今でも大ちゃんは大事な人ではあるのよ。でも、それはもう恋愛感情じゃない。うまく言えないけど、亡き兄を介して繋《つな》がっている、同志みたいな存在」

気を遣ってそんな言い方をしてくれているのかと思ったが、有菜はさらっと言った。

「それに私、今つきあってる人がいるし」

「え？」

「幼馴染《おさななじみ》のお医者さん」

「……俺の傷を縫ってくれた人？」

「そう。だから、ここにちょいちょい通ってたのも、この人、放っておくとろくなもの食べないし、お兄ちゃんが天国で心配しそうだなと思ったからで」

もしも天国からこの世を俯瞰《ふかん》することができるなら、隼《はやと》は二人が別れてしまったことの方に気をもんでいるのではないかと想像する。

そんなリオンの心中を察したかのように、有菜は晴れやかに笑った。

「お兄ちゃんは、私と大ちゃんそれぞれの幸せを何より願ってた。だから、きっと、これで正解だよ」

やさしい人ばっかりの世界だなと思ったら、昨日から故障気味の涙腺がまたおかしな感じになってきた。

ぐっと唇を噛んでこらえていると、それに気付いたらしい大我に頭をぐしゃっとかき回された。

「不細工すぎるから、もう一回寝直してこい」

「不細工ってなんだよ！　これでも一応顔で仕事してたことだってあるのに」

お約束でシャーシャー怒ってみせたけれど、大我がやさしさで言ってくれているのはわかる。

昨日の今日で、この二人の前でどんな顔でいればいいのかもわからないので、お言葉に甘えて奥に引っ込もうと立ち上がったら、イカれた筋肉を操りきれずに、思わずヨタヨタと転びかけた。

「大丈夫？」

有菜が心配げに声をかけてくる。

「大丈夫です、ちょっと足が痺れただけ」

あわあわと取り繕って、昨夜から部屋の隅っこに置き去りにされていた姫を回収し、そそくさと廊下に向かった。

「無茶させちゃだめよ」

からかいを含んだ口調で、有菜が大我をたしなめるのが聞こえた。

大我のことだから、どうせ「あいつの求めに応じたまでだ」とか平然と言いそうだ。実際、切り上げようとした大我に続きをせがんだのはリオンの方なのだから、自業自得。

でも、閉めた襖《ふすま》の向こうから聞こえてきたのは、全然違う言葉だった。

「そうだな。つい歯止めがきかなくなって、がっつきすぎた」

リオンは熱くて破裂しそうな顔を姫に埋めて、廊下にへたり込んだ。

しばらくそのまま立ち上がれずに、腰を抜かして幸せな恥ずかしさに身悶えていたのだった。


翌日の夕方、リオンは麗子《れいこ》のところに謝罪に行った。玄関先に出てきた麗子は、仕事先から戻ったばかりということで、大我が仕立てた緋色《ひいろ》のスーツを着ていた。

やっぱり似合うなと見惚《みと》れかけ、ハッと用件を思い出して我に返る。

「おとといのホテルでの一件、ご迷惑をおかけして申し訳ありませんでした」

リオンが深々と頭を下げると、麗子はころころと笑った。

「大我くんにも散々頭を下げられたわ」

「本当にごめんなさい。客室のロックの解除なんて、きっと違法なお願いだし、麗子さんのホテルの信用にもかかわることなのに」

「リオンくんの一大事ともなれば、当然のことよ。先方のお客様も問題にする気はないっておっしゃってたし、万事解決よ」

「でも……」

謝罪を重ねようとするリオンを手で制して、麗子は言った。

「私も、リオンくんが大我くんに言えない心配ごとを抱えているのを、こっそり大我くんに教えちゃったことを謝らなきゃって思ってたの。許してくれる？」

「もちろんです」

「じゃあ、おあいこ。ねえ、あがってお茶を飲んでいってちょうだい。いただきものの上等なビスケットがあるの。一人じゃなかなか開ける気にならないのよ」

麗子はお茶を淹れて、おしゃれな缶に入ったビスケットをふるまってくれた。

「それで、問題は解決したの？」

緑茶の湯気の向こうから、麗子がやさしく訊ねてきた。

「はい、おかげさまで」

「じゃあ、レストランの件も大丈夫そう？」

リオンは「え」と言葉に詰まった。もう何日も前に、自分から断ってしまった話だ。

麗子は秘密を打ち明けるように微笑《ほほえ》んだ。

「実は大我くんから、その件はいましばらく保留にしておいて欲しいって頼まれていたの。リオンくんさえ大丈夫そうなら、予定通りにお話を進めるわ」

知らないところで二人の間で交わされていたやりとりに、胸がぎゅっとなる。

「俺、迷惑をかけてばっかで、そんなに良くしてもらう資格ないのに……」

「迷惑をかけてくれる相手もいない身としては、むしろ甘えてくれたら嬉しいわ。もちろん、仕事はそう甘くはないかもしれないけれど」

リオンは膝を揃《そろ》え、震える声で心からの感謝を伝えた。

「ありがとうございます」

「忙しくなっても、うちにも時々遊びに来てちょうだいね」

「邪魔だからもう少し控えろって言われるくらい、遊びに来ます」

「嬉しいわ。リオンくんと一緒にいると、なんだか気持ちが若返って、ウキウキするの」

その言葉を聞いて、リオンはおずおずと白状した。

「あの……さっき俺、謝りに来たのに、その服がやっぱりすごく似合って素敵だからうっかり見惚れて、何をしに来たのか忘れそうになりました」

麗子は少女のように頰を押さえて笑った。

「まあまあ、リップサービスでも嬉しいわ。今度大我くんに、リオンくんとのデート用の服を仕立ててもらおうかしら」

「え。じゃあ俺も、麗子さんとリンクコーデできるシャツを作ってもらおうかな。そのためにも、ちゃんと働いてお金を貯《た》めなくちゃ」

「ふふ。よかったわ。なんだかリオンくん、この前よりお顔が明るくなってる」

「麗子さんのおかげです」

ずっと、誰かに愛されたくて、愛されたくて、必死だった。

でも、今自分の中にあるのは、愛されたいという願望以上に、愛する喜びだった。大好きな人たちを大好きでいさせてもらえるのがとてつもなく幸せで、自分にできることはどんなことでもしたかった。

今はもらう方がずっと多いけれど、愛情で満たしてもらったこの心で、いつかたくさんお返しをしたい。

麗子からビスケットのおすそ分けを持たされて帰宅すると、大我は店で布地の裁断をしていた。

「ただいま」

あのめくるめく晩以来、なんだかどぎまぎしてしまって、大我と会話するのに緊張してしまう。

布地から目をあげずに、大我は「おかえり」と低い声で言った。

そそくさと店を通り抜けて母屋の方に行こうとしたら、リオンのスマホが鳴り出した。ディスプレイに木島のアイコンが表示されているのを見て、心臓が小さく跳ねた。

連絡先の消去をしても何の解決にもならないとわかって、そのままにしてあった。

鳴り続ける着信音に、大我が怪訝そうに顔をあげる。

「出ないのか」

「……木島さんからなんだけど、ここで喋ってもいい？」

なんでも言うと約束したから、もうこそこそしたりはしない。

大我は「ああ」と短く言って、裁断を続けた。

リオンはスピーカーをオンにして着信に応じた。

「……もしもし」

『今度は着拒しないんだな』

リオンが黙り込んでいると、木島は『ああ、ごめん』ときまり悪そうにぼそぼそ言った。

『別にダル絡みしたかったわけじゃない。その……この間は悪かったな。この間っていうか、一連のあれこれ、全部だけど。我ながら後味が悪くて、一言ちゃんと謝りたかったんだ』

どういたしまして、と流すには重い話だったし、もしかしたらそう言いながらまた何か仕掛けてくるのかもしれないと、つい身構える。

『本当は、リオンが最初から僕をそういう気持ちで好きなわけじゃないのはわかってた。だから余計に手に入れたくて、必死になった。気持ちなんかなくても、リオンが幸せじゃなくても、僕のそばに閉じ込めておければ満足だって、本気で思ってた』

木島のサイコな言い分を、無下に否定できなかった。リオンだって、愛情を欲するあまり自分の感情に蓋をした。ある意味、お互い様だった。

『だけど、リオンにあんなふうに泣かれて、それすら楽しめるほどには、僕はぶっ壊れてなかった。そんな自分に落胆したし、ホッとしたよ。憑《つ》き物が落ちるって、こういう感覚なのかな』

木島は自嘲的な笑い声をもらし、もう一度『悪かったな』と言った。

「俺も……ごめんなさい」

『僕のことを好きになれなくてっていう意味？　なかなかキツいごめんなさいだな』

「……好きでした。先輩として。現場で声をかけてくれたこと、感謝してました」

『全部過去形なのが泣けるな』

言葉とは裏腹に声は笑っている。

『矛盾したことを言うようだけど、リオンを幸せにしたいって思っていたのも本当なんだ。手が荒れるようなこともさせないし、この世のすべてから僕が守りたかった。でも、きみが選んだのは、あの男なんだな』

当の『あの男』は、聞こえているのかいないのか、作業台の上で心地よい音を立てて裁ちばさみを操っている。

『元気で』

「木島さんも」

余韻を繋ぐ通話を、リオンの方から断ち切った。

大概の謝罪というのは、相手のためじゃなくて、自分のために存在する。木島の謝罪もリオンの謝罪もそうだ。

でも物事の区切りをつけるためには、ないよりはあった方がいい。

顔をあげると、大我と目が合った。

なんとも気まずいのをごまかすために、わざと平静を取り繕って、「なにかご意見は？」と訊ねてみる。

大我は裁ちばさみを作業台の上に置いてリオンの前に来ると、腕を組んで、しかつめらしい顔で見下ろしてきた。

「俺はおまえを幸せにするとか守るとか、そんなつもりはさらさらない」

いきなり突き放すようなことを言われて、むっと口を尖らせたら、指で唇をつままれた。

「おまえが勝手に幸せそうにしているのを、そばで見ていられればそれでいい」

かーっと顔が熱くなる。

なにそれ。反則だろ。

自分ばかりどきどきさせられるのが悔しくて、リオンはつままれた唇で逆にガウッと大我の指に噛みついた。

「本物の野良猫か」

「じゃあ、キスしてよ」

テンパりすぎて、思わず脈絡のないことを口走ってみる。

大我は眉間にしわを寄せた。

「なにがじゃあだよ」

「キスしてくれたら、幸せそうにしてる俺が見られるよ？」

無自覚に高度な殺傷能力をひけらかしてくる大我への意趣返しのつもりだったのに、大我はリオンの後頭部に手を回すと、ぐいと引き寄せて、唇を合わせてきた。

「ん………っ……」

動揺とどきどきで、瞬時に腰が砕ける。

「これで満足か」

リオンは二十世紀のロボットみたいにギクシャク頷いて、逃げるように裏口に向かった。絶対頭のてっぺんから、蒸気がプシュッと上がってる。

　幸せすぎて、悔しくて、負けん気もあらわにノブをつかんで振り返る。

「麗子さんにめちゃくちゃおいしいビスケットをもらったから、お茶にしようよ。俺の唇より甘いかもよ？」

　大我は裁断したパーツを畳みながら、平然と言った。

「食べ比べてやるから、そっちで待ってろ」

「…………！」

　あっという間に返り討ちにされて、リオンはこの世でいちばん幸せな敗北感とともに、母屋に戻っていった。

11

冴《さ》え冴《ざ》えと月が輝く大晦日《おおみそか》イブの商店街を、リオンは白い息を吐きながら弾むように走った。

二十三時を回っているのに、大我《たいが》の店のシャッターは開いていた。ＣＬＯＳＥＤの札がかかった薄暗い店内で、大我がミシンを操っている。

かじかんだ手でドアを開け、「ただいま」と声をかけると、大我は目線だけをリオンの方に向けた。

「おかえり」

「夕飯食べた？」

「ああ」

「とか言って、どうせまた素麺《そうめん》一把とかでしょ」

大我はミシンの電源を切りながら、じろっとリオンをねめつけた。

「おまえも有菜《ありな》も、俺をなんだと思ってるんだ。飯くらい一人で食える」

シャッターを下ろす大我を手伝いながら、うずうずとした幸福感がこみあげてくる。

麗子《れいこ》の紹介で駅向こうのトラットリアで働き始めて二か月半。遅番の日は、大我はいつもこうして店のシャッターを開けたまま待っていてくれる。お礼を言うと、「仕事に集中していて閉め忘れた」とか「さっきまで客がいたからだ」などと不機嫌そうに返されるけれど。

「有菜さん、来たの？」

「ああ。さっきおせちを届けに来た」

「え、すごい！　見たい見たい」

大我の背中を追って、踏み石の上を跳ねながら母屋に向かう。

仕事にも慣れてきた。

タレント時代に、飲食店の店長に怒鳴られて酷使されるバイト役を演じたことがあって、厨房《ちゅうぼう》の仕事はそういうものだと思い込んでいた。どんなキツい仕事でも、絶対に弱音は吐かないぞと、気負いまくって仕事に向かった。

しかし、職場は拍子抜けするほど和気あいあいとして、雰囲気がよかった。もちろん、混雑のピーク時には厨房の空気が張りつめ、緊張感もあるし、失敗を叱られることもあるけれど、基本、スタッフは親切な人ばかりだった。

自分の経歴に関しても、当初は反応が不安だった。実際、「あの黒谷《くろたに》リオン？」と驚かれたことが数回あった。

でも、それも最初だけ。今は誰も気にしないで接してくれる。

歳の近いスタッフとは、休みの日に一緒に出かけるくらい仲良くなった。そのスタッフから聞いたところによると、一度週刊誌の記者が、リオンが働いているという噂《うわさ》を元に取材に来て、オーナーがけんもほろろに追い払ってくれたらしい。自分には余計なことは何も言わずに庇《かば》ってくれたオーナーのために、ますます仕事を頑張ろうと強く思った。

今日は、今年最後の営業日だったから、より一層気合を入れて働いた。疲労感は、心地よい充実感でもあった。

居間の座卓の上には、三段の重箱が置かれていた。

「すごい、超本格派だ」

「食べるか?」

「え、まだお正月じゃないのに?」

「大晦日に食べる地域もあるらしい」

「大晦日ですらないけど」

「じゃあやめておくか」

「食べたい!」

「先に風呂に入ってこい」

促されて、コートを脱ぎながら風呂場に向かう。先に大我が入ったらしく、湯気がこもった浴室はあたたかくて、タイルがヒヤッとしないのがありがたい。

ささっと手早く、でもしっかりと温まって風呂からあがり、今朝脱衣籠に脱いでおいた部屋着を着ようとしたら、見当たらない。

戸惑っていたら、入り口をノックされた。

「ちょっと開けてもいいか？　洗濯のついでに、部屋着も洗っておいた」

バスタオルを腰巻にして「どうぞ」と返すと、引き戸の向こうから大我が畳んだ服を手渡してきた。

「ありがとう」

受け取るために手を伸ばしたら、ふっと既視感を覚えた。

「前にもあったね、こんなこと。俺がいるのに気付かないで大我さんがここに入ってきて」

「あったな」

「そんなに怯えなくても何もしないって、めちゃくちゃきっぱり言われて、実はちょっとだけがっかりした」

今だから笑える話を、リオンがこそっと打ち明けると、大我は面倒そうに眉を動かした。

「俺だってそれくらいの自制心は兼ね備えてる」

「…………自制心？」

リオンが問い返したときには、もう引き戸は閉まっていた。

大慌てで部屋着に袖を通し、大我のあとを追いかける。

「自制心ってなんだよ。もしかして、ホントはなにかしたいって思ってくれてたの？」

「ギャーギャーうるさい。ビール飲むか？」

「飲む」

リオンの追及をさけるように大我がテレビのスイッチを入れた。深夜のライブ番組でＫ－ＰＯＰのガールズグループが、長い黒髪を打ち振りながら、切れ味のいいダンスナンバーを披露している。

缶ビールと取り皿を持ってきた大我が、重箱の蓋をあける。

「うわぁ、有菜さんすごいね」

彩りよく詰められた料理に、思わず声が出てしまう。和洋ミックスのごちそうは、どれもおいしそうだった。

うまいことはぐらかされてしまったけれど、まあいいや。追及はまた今度。

だってあの時どうだったかより、今この瞬間がなにより幸せ。仕事納めのあとお風呂に入って、あたたかい部屋で大我と過ごす極上のひととき。

「これめちゃくちゃおいしい！　ええと……松風っていうんだって。ちょっと味噌《みそ》っぽい風味がする」

有菜の手書きのお品書きと比べながら、リオンは取り箸であれこれと味見をする。

「うわ、このきんとん、どんぶり一杯食べたい。既製品のねばねば甘いやつと全然違うね」

「栗《くり》も甘さ控えめだな」

「栗の甘露煮は、この間俺も下拵《したごしら》えを手伝ったんだよ。旬の時期に買ったやつを冷凍しておくと、めちゃ甘くなるんだって」

サーモンのマリネやミートローフはビールのつまみにぴったりだった。

「ホントはまだ食べちゃいけないものを、こっそり食べちゃう罪悪感が、尚更《なおさら》わくわくするよね」

リオンのはしゃいだ声に被《かぶ》さるように、テレビからＭＣの声が響いた。

『続いてはパラソルの皆さんのパフォーマンスです』

動きを止めたリオンを見て、大我が箸を置き、さりげなくリモコンに手を伸ばす。

「もう平気だよ」

リオンは笑ってみせた。

ひとかけらも胸が痛まないと言えば嘘になる。暗闇の中に落ちていくようだったあの絶望感は、いまもまだ鮮明に思い出せるし、すべてはこうして大我と出会うためだったなどと美化するには、あまりに重すぎる出来事だった。

でも、スポットライトを浴びる彼らを羨ましく思う気持ちはもうなかった。

打算的な理由で事務所に入ったリオンとは違って、心から歌とダンスを愛していたメンバーたちが、キラキラと輝く姿に胸が熱くなる。

「すごいなぁ……。ねえ、大我さん、パラソルがいつかドームでライブとかすることになったら、一緒に行ってくれる？」

「有菜でも誘え」

「えー、つれないなぁ。でも確かに、有菜さんなら喜んで行ってくれそう。麗子さんも誘ってみよ」

実現する日を、心の底から楽しみに祈っている。

息を弾ませながら最後のポーズを決めるメンバーに、リオンは画面越しに小さく拍手を送った。

「俺も負けないように頑張ろう」

ぼそっと呟いて、こちらをじっと見ている大我の視線に肩をすくめる。

「職歴三か月足らずの下働きが何言ってるって思った？」

「別に」

「確かに、今はまだまだお荷物な立場だけど、仕事はすごく楽しいんだ。今日はディナーのサラダの盛り付けをちょっとだけやらせてもらったんだよ。なかなか手綺麗《てぎれい》だって言われた」

「そうか」

大我はなににつけ大仰に感心したりはしない。物足りないくらい素っ気ない反応だけど、それがなんとなく居心地がいい。すごく大きくて、あまり揺れない船に乗っているみたいな気分になる。

普段なら、明日の仕事に備えてもう寝る準備をするけれど、リオンの職場は明日から三日間のお休み。夜更かし万歳だ。

テレビを見ながらおせちをつまんで、取るに足らない話をたくさんした。九割五分はリオンがしゃべって、大我は「ああ」とか「そうだな」とか短い相槌《あいづち》を打つだけ。

でも、二缶目のビールを取ってきて、リオンの向かいでくつろいでいるから、うんざりしているわけでもなさそうだった。

一日の疲労感と酔いが心地よい眠気を連れてきて、リオンのしゃべりが緩慢になってくると、大我はテーブルを片付け始めた。

「そこで寝るなよ」

「わかってる」

座布団から相棒の姫を抱き上げる。大我が仕立ててくれたコートと有菜が編んでくれたマフラーをまとった姫は、すっかり冬仕様だ。

重箱を冷蔵庫にしまいに行った大我が戻ってくると、リオンはおそるおそるお伺いを立てた。

「大我さんは、明日も仕事あるの？」

「ああ」

そっけない返事に、内心ひっそりと落胆する。明日は早起きしなくてもいいリオンとしては、この流れでイチャイチャしたかったけれど、明日も忙しいなら引き留められない。

一つ屋根の下で暮らす出来立てほやほやのカップルの割に、夜を共にした回数はまだそれほど多くない。

想いが通じ合って間もなく、リオンがフルタイムで働き始めたこともあり、大我は気を遣ってくれているのかなとも思う。そうであって欲しい。

そうじゃないとしたら、もしかしたらそっち方面には、あんまり熱意がない人なのかもしれないし、リオンがご期待に添えていないのかもしれない。

いや、行為に及ぶときには結構情熱的な感じがするから、そんなことないのかな……。あるいはそのときだけ無理してくれているのかな。

などなど、考え出すと頭の中がぐるぐるする。

リオンの方から誘えばいいのかもしれないが、休みがあってないような仕事の虫の大我に、おねだりをするタイミングというのもなかなか難しい。

とはいえ、こうして想いが通じて、一緒の時間を過ごせているだけで、もう十二分に幸せで、そんな悩みは些末《さまつ》なこと。

リビングの暖房と明かりを消して、二人で廊下に出る。冷えた床板に思わず足の甲をアーチ状に反らせて、床に着く面積を極力減らす。

「じゃあ、おやすみなさい」

挨拶をしてヨチヨチ歩きで二階に行こうとしたら、後ろから大我にふわっと抱きしめられた。

「つれないな。明日は休みなんだろう」

背中に当たる硬い胸板と体温に、ぶわっと顔に熱が集まる。

「え……と、あの、だけど大我さんは仕事なんでしょ？」

「それは断りの文句か？」

「違うよ！」

リオンは腕の中でくるっと身体の向きを変えて、逃がすまいと大我のウエストに腕を巻き付け、肩口に顔をうずめた。同じボディソープを使っているのに、大我の方がずっといい匂いがするのはどうしてだろう。

「めちゃくちゃ嬉しい。ホントは毎日だってこうやってくっついていたいくらい」

こっぱずかしい言葉も、程よい眠気と心地よいほろ酔い状態のおかげでするっと出てくる。

「それは無理だ」

真面目な声で水をさしてくる大我にカチンときて、ガウッと肩に歯を立てたら、「こら」と耳を引っ張られた。

「毎日こんなにくっつかれたら、理性を保てる自信がない。おまえは仕事に行けなくなるぞ」

「え……」

言葉の意味を咀嚼《そしゃく》して、にわかに顔が熱くなる。テンパり具合が露呈しないように軽さを装って返す。

「大我さん、淡泊な人なのかと思ってた。もしくは、俺のフェロモンが足りないのかなって」

「そうじゃないことを、証明してやろうか」

「え、わ……」

薄暗い大我の部屋へと押し込まれて、そのままベッドにもつれ込む。

「大我さんの部屋、あったかい」

「この展開に備えて、さっきビールを取りにいったときに、暖房を入れておいた」

「うそ……」

リオンのおしゃべりを無表情に聞きながら、大我がそんな策を講じていたなんて。

キュン死に寸前のリオンの顔を見下ろして、大我は眉根を寄せた。

「不思議なやつだな。なんでそんなくだらないことで真っ赤になるんだ」

「……大我さん、自分の殺傷能力の高さに無自覚すぎるよ」

「逆だろ」

大我はリオンの頬に手を添えて、親指の腹でリオンの唇を撫でた。

「どれだけ俺を振り回しているか、そっちが自覚した方がいい」

「なにそれ」

「こんなのは初めてで、正直、面食らってる」

そんな仏頂面で、よくも十代みたいな嘘を。初めてどころか、長いことずっと想いを寄せる相手がいたくせに。

もちろん、口には出さなかったけれど、大我には伝わってしまったようだ。

「好きになったやつから好かれるのは、正真正銘初めてだ」

そんな言葉さえ、大我は表情をほとんど変えずに言う。常夜灯だけの薄暗さに慣れてきた目に、その顔はちょっと嬉しそうにも、寂しそうにも見えた。

たまらない気持ちを伝えるすべがわからなくて、リオンの方からキスをした。

なんだかんだ、いつも大我に甘やかされているから、今日は自分が大我を盛大に癒す。持てる能力のすべてを総動員して威勢よく臨んだのに、気が付いたら大我の下に組み敷かれて、官能を堪《こら》えるので精いっぱいになっていた。

愛する人とのセックスは、ある種の魔法だと思う。だって、軽く触れられるだけで、こんな快感が湧き起こるなんて、理性では説明がつかない。

磁石で砂鉄を操るみたいに、大我の手が触れたところの神経が、全部ザワザワ反応して、自分の意思とは無関係に狂おしく操られてしまう。

「あ……ぁ……」

コントロール不能の喘ぎ声を、くちづけで絡めとられると、もっと身体は敏感になって、たまらない情動がこみあげてくる。

「……なんでだよっ」

あまりにも幸せで、気持ちよすぎて、一周回って逆ギレモード。

「……なにを怒ってる」

耳元に唇を滑らせながら、大我が囁く。

「……だって、今日は俺が、大我さんをよくしようと思ったのに、また俺ばっか……あ……」

「なんで自分ばっかりって思うんだよ」

大我はリオンの手を、そっと自分の方へ導く。

「こっちこそ、我慢の限界だ」

「わ……」

触れた先の熱に煽《あお》られて、もっと興奮してしまう自分がいたたまれないけれど、そう思う理性よりも、熱に溺れる情動の方が強かった。

「……ね、早く……」

からからの喉に一刻も早く水を流し込みたい衝動にも似た、切迫した本能に支配され、リオンは大我のものに自分のすぼまりを押し付ける。

「……無理すると、また明日、小鹿みたいに足元が危うくなるぞ」

大我はリオンの身体をうつ伏せにして、切っ先をあてがってきた。

「や……これ……」

リオンの身体に負担が最も少ない姿勢を取らせてくれているのはわかるが、リオンはこの体勢がひどく恥ずかしい。

しかし恥ずかしさは官能のスパイスでもあった。

身の内に切り込んでくる大我のものが、苦しいくらいみっちりと中を満たすと、大我も自分と同じように感じてくれているとわかって、安心するし、もっと興奮する。

身体はもちろん、心が満たされ気持ちよすぎて、何度か内側を刺激されたら、あっという間に大我の手の中ではぜてしまった。

「あっ……ゃ……ん……」

絶頂の感覚につられてきゅっとすぼまった後ろが、大我の張りつめた形をとらえて、さらに興奮を深くする。

ベッドに顔を押し付けて、荒い呼吸で喘いでいると、リオンの中を満たしていたものが抜き取られた。

その感覚にまた身を震わせながらも、

「やだ……」

リオンは寝返りを打って、逃すまいと大我の肩に爪を立てた。

「……大我さん、いってないじゃん」

「おまえはもうクタクタだろ」

「全然物足りない。今度は顔見ながらしたい」

虚勢半分、本音半分。だって、大我を満足させたい。

「……明日どうなっても知らないぞ」

「そのための連休だよ」

「……後悔するなよ」

リオンの膝裏をぐっと摑んで広げると、今度は正面から再び大きなものをリオンの内へのめり込ませてきた。

「んっ……」

一度開かれた場所は全神経をよりそばだてて大我を迎え入れた。みっちりとした摩擦に、リオンの興奮は瞬く間にまた張りつめる。

なにかをこらえるように、大我が微かに眉をひそめるのを見ると、興奮した。好きな人が自分との行為で感じてくれている様子は、うずうずと湧き上がるような幸福感をもたらす。

だが、リオンに大我の表情がよく見えるということは、大我からもリオンの顔がしっかり見えているということだ。

そう思ったら恥ずかしくなって、手の甲で目を覆う。

「顔を見ながらしたいんじゃなかったのか」

からかうように言いながらぐっと奥に分け入れられると、たまらなく感じてしまい、リオンは身を捩って甘い悲鳴を上げた。

「あっ……ゃ……見たいけど、見られたくない」

「却下だ」

ぐいと手首を摑まれて、両手をベッドに押さえつけられてしまう。

「………っ」

口元にうっすらと笑みが浮かんだ顔で見下ろされて、リオンは目を泳がせた。

「どうせまた不細工とか思ってるんでしょ」

「いや、きれいだ」

らしくない言葉に、ぶわっと顔が熱くなる。

「なに柄にもないこと言ってるんだよっ」

大我はむっとしたように眉を寄せた。

「ほかに表現のしようがないんだから、仕方がない。おまえはきれいだ」

「……ずるい」

滅多にそんなことを言わない男の言葉の破壊力ときたら。

素面《しらふ》のときならありえないこんな陳腐なやりとりさえも、愛を交わす二人には特別なエッセンスだった。

「じゃあ、天使のように美しい俺が、今夜は大我さんを天国に連れて行ってあげる」

必死の虚勢を張って、もぞもぞと腰を使ってみたけれど、すぐに返り討ちに合った。

「あ、あ……ダメ、そんな……」

結局、何度となく天国に連れていかれたのはまたしてもリオンの方だったけれど、最終的には大我を連れて行くことに成功したので、多分ドローだ。


元日の昼近く、またしても大我のベッドで一人目を覚まし、凝りないバンビ歩きでヨタヨタと居間に向かったら、襖の向こうから有菜の声がした。

「それにしても、去年のうちにおせちを平らげちゃったなんて、大《たい》ちゃんにしてはやんちゃね」

リオンは思わず目を泳がせた。

そう、大晦日は昼過ぎに目を覚まし、仕事を終えた大我とまたおせちをつまんでひとしきりテレビの特番などを眺めたあと、大我のベッドで幸せに爛《ただ》れた年越しをした。

ことその行為に関しては、負けん気が強い癖に、口ほどにもないリオンは、またしても散々返り討ちに合い、元日からまたあちこちの筋肉がイカれている。

そして居間には有菜の来訪。あまりにもデジャヴな展開すぎる。

入りあぐねて襖の前でもじもじしていたら、大我の低い声がした。

「……すまなかったな」

有菜がコロコロと笑い出す。

「なんでそんな神妙な顔してるのよ。むしろお元日を待ちきれないくらいがつがつ食べてもらえたなんて、光栄だわ」

だって本当にめちゃくちゃおいしかったのだ。そこはリオンも参戦しようと襖に手をかけたら、「その話じゃない」と大我が言うのが聞こえ、思わず手を止めた。

「有菜と結婚したことも、その責務を果たせなかったことも」

「は？」

有菜が声を裏返す。

「なにそれ。いまさら唐突になんの話よ」

「今だからこそ思うんだよ。自分の好意が報われないことに慣れすぎていて、逆に好意を向けられることに対しても無神経だった」

「おお。年末に食べたおせちの魔力で、年の初めに人の心を取り戻した？」

からかうように言ってから、有菜はふっとひとつため息をついた。

「無神経なんかじゃなかったよ。やさしいからこそ、最初からお兄ちゃんのための結婚だってはっきり私に言ってくれたよね。指一本触れなかったのは、大ちゃんの誠意だって知ってたよ」

「……もう少しいい方法があったはずだがな」

「あのときは、あれが最善だったんだよ。……ていうか急にそんなこと言い出すなんて、もしかしてリオンくんのせい？」

「……想う相手に想われるというのは、いいもんだな」

襖の前で立ち尽くしたまま、リオンは泣きそうになった。

「正月早々、お惚気《のろけ》ですか？」

「そうじゃない。それで自分のかつての態度を、反省した」

「五年前の私に聞かせてあげたいな、その言葉。でも、あのとき大ちゃんが仏心を発揮して、私を愛してるふりなんかしてくれてたら、今頃とんだ地獄を見てたと思うから、むしろ五年前の無神経な大ちゃん、グッジョブだよ」

「それは……ほっとすればいいのか、むっとすればいいのか、どっちなんだ」

有菜はふふふと楽しそうに笑った。

リオンは音を立てずにそっと大我の部屋の前まで戻った。それから大我の部屋の戸をけたたましく開け閉めし、ドシドシと足音を立てて居間の前まで行って、襖を引き開けた。

「おはようございます。あ、有菜さん、いらっしゃい」

「リオンくん、あけましておめでとう。ねえ、大晦日におせちを全部食べちゃったんですって？」

「そうなんです。ごめんなさい。大我さんにそそのかされてつい……」

「俺のせいにするな。三分の二はおまえが食べたんだろう」

「いや、四分の三くらい食べたかも。だってあまりにもおいしすぎて」

「ふふ。最高の誉《ほ》め言葉。ねえ、お雑煮食べない？　ジッパー袋に詰めてきたの」

「え、めっちゃ食べる！」

「二種類あるのよ。こっちは関東風で、こっちは大崎《おおさき》くんのお母さんの地元の白みそ仕立て。餡《あん》入りの丸餅を入れて食べるのよ」

「餡入り？　おいしいの？」

「おいしいよ。これ絶対リオンくん好きだと思うわ」

おぼつかない足取りに大我の視線が注がれているのが気恥ずかしくて、有菜と一緒にキッチンに逃げる。

雑煮を温めて、焼いた餅とともに盛り付け、座卓を囲んで改めて新年の挨拶をした。

新年というだけで、縁側に差し込む陽射《ひざ》しがぬくぬくと新しく感じられる。

お雑煮はどちらもおいしかった。関東風は伯母の味と似ていて、あの頃の所在なさを思い出して少し切なくなったけれど、餡餅の雑煮はそんな感傷を吹き飛ばすくらい斬新だった。

「塩気が効いたお汁粉みたいでおいしい！　癖になりそう」

「でしょ」

リオンと有菜のやりとりを見つめる大我は、いつもの仏頂面のようでいて、目の奥に微笑みの片鱗がまたたいていた。

心地よく賑《にぎ》やかで、穏やかなお正月。

暦はまっさらで、未来は無限大だ。

闇雲に愛されたくて、必要とされたくて、もがいていた時には、あんなに空虚だったのに。

今、ただ静かに大好きな人たちの幸福を願う気持ちは、リオンをこのうえない幸せで満たした。

あとがき

こんにちは。お元気でお過ごしですか。

キャラ文庫様では四年ぶりとなる新刊、お手に取ってくださってありがとうございます。

設定は派手っぽいのに作風は地味というお家芸を、今回も遺憾なく発揮してしまいましたが（汗）、イラストを野白《のじろ》ぐり先生にご担当いただけると知って、気持ちだけは大層華々しくウキウキしながら書きました。

野白先生、お忙しい中、素晴らしいイラストを本当にありがとうございます！

物語のテイスト的には、ウキウキという場面ばかりではないかもしれませんが、お楽しみいただけるところがあったら嬉しいです。

この本が刊行されるのは、春野菜がおいしい季節かなと思うのですが（実際にはまだだいぶ寒い季節にあとがきを書いているので、見当はずれだったらすみません）、皆様はどんなお野菜がお好きでしょうか。

私はグリーンピースが大好きで、春先には生のお豆を莢《さや》からぽろぽろ取り出して、豆ごはんを炊くのが、人生三大享楽のひとつです。

生豆のないシーズンは冷凍のものを使うのですが、近隣のスーパーの冷凍野菜コーナーは枝豆とブロッコリーで埋め尽くされ、単品のグリーンピースは見かけなくなってしまいました。

確かに、枝豆やブロッコリーが嫌いな方はあまりお見かけしませんが、グリーンピースが苦手な方は多い気がするので、仕方がないのかなと思いつつ、切なさが止まらない今日この頃。

そんな中、某イタリアンファミレスにはグリーンピースの温サラダがあって、たまに無性に食べたくなって、ふらふらと立ち寄ってしまいます。結構人気メニューらしいので、この世には隠れグリーンピースファンが多いということなのでしょうか。

ＢＬ小説界の枝豆やブロッコリーを目指すのは無理だし、隠れファンの多いグリーンピースポジションは更に無理なので、ここはひとつ……とかいって話になにかうまいオチをつけようと丸一週間考えてみたものの、気の利いたオチをまったく思いつけませんでした。オロオロ。

あとがきがものすごく不得手で、いつもこのようにグダグダになってしまうのですが、本を出していただけるからこそ、あとがきが書けるわけで、そう考えると、しょうもないことでうんうん悩んでいる時間も、とてもありがたく愛おしく、幸せです。

ここまで読んでくださって、本当にありがとうございます。グリーンピースファンの方も、そうでない方も（しつこい）、ご感想やご意見などいただけましたら嬉しいです。可能であれば返信用のリターンアドレスをお書き添えください。

ではでは、またお目にかかれますように。

この本を読んでのご意見、ご感想を編集部までお寄せください。

《あて先》〒141－8202　東京都品川区上大崎3－1－1　徳間書店　キャラ編集部気付
「偏屈なクチュリエのねこ活」係

【読者アンケートフォーム】
QRコードより作品の感想・アンケートをお送り頂けます。
Chara公式サイト http://www.chara-info.net/

■**初出一覧**

偏屈なクチュリエのねこ活……書き下ろし

2024年5月31日　初刷

著者　月村 奎
発行者　松下俊也
発行所　株式会社徳間書店
〒141-8202　東京都品川区上大崎3-1-1
電話　049-293-5521（販売部）
　　　03-5403-4348（編集部）
振替　00140-0-44392

Chara

偏屈なクチュリエのねこ活

……【キャラ文庫】

印刷・製本　図書印刷株式会社
カバー・口絵　近代美術株式会社
デザイン　佐々木あゆみ

定価はカバーに表記してあります。

本書の一部あるいは全部を無断で複写複製することは、法律で認められた場合を除き、著作権の侵害となります。

乱丁・落丁の場合はお取り替えいたします。

© KEI TSUKIMURA 2024

ISBN978-4-19-901133-7

月村 奎の本

好評発売中

［きみに言えない秘密がある］

イラスト✦サマミヤアカザ

溢れる気持ちを封印して、八年間、ただの友達のふりを続けてきた——。高校卒業を機に上京し、親友の蒼士《そうし》と同居している明日真《あすま》。蒼士への秘めた恋心を抱きながら、カフェで働く日々だ。大企業の御曹司と天涯孤独な居候——ずっと一緒にいられるなんて思ってないけど、蒼士の大学卒業までは、傍にいることを許してほしい…。ひとつ屋根の下、親友の距離を保って燻り続ける、絶対秘密の恋♥

月村 奎の本

好評発売中

「そして恋がはじまる」全2巻

イラスト◆夢花 李

高校生の未樹《みき》は、相手の顔色を窺ってイイ子を演じる自分がキライ。そんな未樹は偶然、司法書士の浅海《あさみ》と出会う。未樹の密かな悩みを「人を傷つけない優しさ」と肯定した浅海。彼がゲイだとわかっても、大人で穏和な彼の側は誰といるより安心できて。彼の事務所に通うたび未樹は無防備に甘えてしまう。ところがある日、突然浅海に「ここには来ないで下さい」と言われてしまい!?

キャラ文庫既刊

英田サキ
[DEADLOCK] シリーズ全3巻 ill:高階 佑
[SIMPLEX DEADLOCK外伝] ill:高階 佑
[STAY DEADLOCK番外編1]
[AWAY DEADLOCK番外編2]
[AGAIN DEADLOCK番外編3]
[WISH DEADLOCK番外編4] ill:高階 佑
[OUTLIVE DEADLOCK season 2]
[PROMISING DEADLOCK season 2] ill:高階 佑
[BUDDY DEADLOCK season 2]
[HARD TIME DEADLOCK外伝] ill:高階 佑
[恋ひめやも] ill:小山田あみ
[ダブル・バインド] 全4巻 ill:葛西リカコ
[アウトフェイス ダブル・バインド外伝]
[すべてはこの夜に] ill:笠井あゆみ

稲月しん
[うさぎ王子の耳に関する懸案事項] ill:小椋ムク
[手加減を知らない竜の寵愛] ill:柳瀬せの

犬飼のの
[暴君竜を飼いならせ] シリーズ1~9巻
[最愛竜を飼いならせ 暴君竜を飼いならせ10]
[暴君竜の純情 暴君竜を飼いならせ番外編1]
[暴君竜の純愛 暴君竜を飼いならせ番外編2] ill:笠井あゆみ
[仮面の男と囚われの候補生] ill:みずかねりょう
[氷竜王と炎の退魔師①~②] ill:笠井あゆみ

海野 幸
[ifの世界で恋がはじまる] ill:高久尚子
[匿名希望で立候補させて] ill:高城リョウ
[あなたは三つ数えたら恋に落ちます] ill:湖水きよ
[魔王様の清らかなおつき合い] ill:小椋ムク
[リーマン二人で異世界探索] ill:石田惠美
[今度は死んでも死なせません!] ill:十月
[逢魔が時の花屋で会いましょう] ill:コウキ。
[社長、会議に出てください!] ill:ミドリノエバ

尾上与一
[初恋をやりなおすにあたって] ill:木下けい子
[花降る王子の婚礼]
[雪降る王妃と春のめざめ 花降る王子の婚礼2]
[虹色の石と赤腕の騎士 花降る王子の婚礼3] ill:yoco
[氷雪の王子と神の心臓]
[セカンドクライ] ill:草間さかえ
[蒼穹のローレライ]
[天球儀の海] ill:牧

華藤えれな
[人魚姫の真珠 ~海に誓う婚礼~] ill:北沢きょう
[白虎王の蜜月婚] ill:高緒 拾
[オメガの初恋は甘い林檎の香り ~煌めく夜に生まれた子へ~] ill:夏河シオリ
[絵画の王子と真夜中のメルヘン] ill:夏乃あゆみ

かわい恋
[王と獣騎士の聖約] ill:小椋ムク
[異世界で保護竜カフェはじめました] ill:夏河シオリ

川琴ゆい華
[親友だけどキスしてみようか] ill:古澤エノ
[へたくそ王子と深海魚] ill:緒花
[ソロ活男子の日常からお伝えします] ill:夏河シオリ
[入れ替わったら恋人になれました] ill:高久尚子

神奈木智
[その指だけが知っている] シリーズ全5巻 ill:小田切ほたる
[ダイヤモンドの条件] シリーズ全3巻 ill:須賀邦彦
[守護者がめざめる逢魔が時] シリーズ1~5
[守護者がおちる呪縛の愛 守護者がめざめる逢魔が時6] ill:みずかねりょう

北ミチノ
[好奇心は蝶を殺す] ill:円陣闇丸
[星のない世界でも] ill:高久尚子
[将校は高嶺の華を抱く] ill:みずかねりょう

久我有加
[獲物を狩るは赤い瞳] ill:金ひかる
[満月に降臨する美男] ill:柳ゆと
[新入生諸君!] ill:高城リョウ
[彼岸花は僕だけにささやく] ill:ヨ:ヨ

櫛野ゆい
[臆病ウサギと居候先の王子様] ill:石田 要
[興国の花、比翼の鳥] ill:夏河シオリ
[しのぶれど色に出でにけり輪廻の恋] ill:北沢きょう
[王弟殿下とナイルの異邦人] ill:榊 空也
[冥府の王の神隠し] ill:円陣闇丸

楠田雅紀
[恋人は、一人のはずですが。] ill:麻々原絵里依
[あの日、あの場所、あの時間へ!] ill:サマミヤアカザ
[海辺のリゾートで殺人を] ill:夏河シオリ
[Brave -炎と闘う者たち-] ill:小山田あみ
[恋するヒマもない警察学校24時!!] ill:麻々原絵里依

栗城 偲
[玉の輿ご用意しました]
[玉の輿謹んで返上します 玉の輿ご用意しました2]
[玉の輿新調しました 玉の輿ご用意しました3]

キャラ文庫既刊

「玉の輿に乗ったその後の話」玉の輿ご用意しました番外編　ill：高緒 拾
「幼なじみマネジメント」　ill：暮田マキネ
「はぐれ銀狼と修道士」　ill：夏河シオリ
「呪いと契約した君へ」　ill：松基 羊
「推しが現実《リアル》にやってきた」　ill：麻々原絵里依

月東 湊
「親愛なる僕の妖精王へ捧ぐ」　ill：みずかねりょう
「旅の道づれは名もなき竜」　ill：テクノサマタ
「呪われた黒獅子王の小さな花嫁」　ill：円陣闇丸

ごとうしのぶ
「熱情」　ill：高久尚子

小中大豆
「ないものねだりの王子と騎士」　ill：北沢きょう
「十六夜月と輪廻の恋」　ill：夏河シオリ
「鏡よ鏡、毒リンゴを食べたのは誰？」　ill：みずかねりょう
「鏡よ鏡、お城に隠れているのは誰？」鏡よ鏡、毒リンゴを食べたのは誰？2
「気難しい王子に捧げる寓話」　ill：笠井あゆみ
「行き倒れの黒狼拾いました」　ill：麻々原絵里依

沙野風結子
「人喰い鬼は色に狂う」　ill：葛西リカコ
「夢を生む男」　ill：北沢きょう
「疵物の戀」　ill：みずかねりょう
「なれの果ての、その先に」　ill：小山田あみ

秀 香穂里
「くちびるに銀の弾丸」シリーズ全2巻　ill：祭河ななを

「他人同士」全3巻　ill：新藤まゆり
「大人同士」全3巻　ill：新藤まゆり
「他人同士 －Encore!－」　ill：新藤まゆり
「高嶺の花を手折るまで」　ill：高城リョウ
「ドンペリとトラディショナル」　ill：みずかねりょう
「脱がせるまでのドレスコード」　ill：八千代ハル
「オタク王子とアキバで恋を」　ill：北沢きょう
「官能の2時間をあなたへ」　ill：Ciel

愁堂れな
「法医学者と刑事の相性」シリーズ全2巻　ill：高階 佑
「美しき標的」　ill：小山田あみ
「ハイブリッド ～愛と正義と極道と～」　ill：水名瀬雅良

神香うらら
「恋の吊り橋効果、試しませんか？」シリーズ1～3　ill：北沢きょう
「伴侶を迎えに来日しました！」　ill：高城リョウ
「葡萄畑で蜜月を」　ill：みずかねりょう
「事件現場はロマンスに満ちている①～②」　ill：柳ゆと

菅野 彰
「毎日晴天！」シリーズ1～19
「末っ子、就活駆け抜けました」毎日晴天！20
「竜頭町三丁目帯刀家の徒然日記」毎日晴天！番外編
「竜頭町三丁目帯刀家の暮らしの手帖」毎日晴天！番外編2
「竜頭町三丁目まだ四年目の夏祭り」毎日晴天！外伝　ill：二宮悦巳
「愛する」　ill：高久尚子

「いたいけな彼氏」　ill：湖水きよ
「成仏する気はないですか？」　ill：田丸マミタ

杉原理生
「錬金術師と不肖の弟子」　ill：yoco
「愛になるまで」　ill：小椋ムク
「華龍と月龍の皇子」　ill：笠井あゆみ

すとう茉莉沙
「触れて感じて、堕ちればいい」　ill：みずかねりょう
「営業時間外の冷たい彼」　ill：小椋ムク
「本気にさせた責任取ってよ」　ill：サマミヤアカザ

砂原糖子
「猫屋敷先生と縁側の編集者」　ill：笠井あゆみ
「小説家先生の犬と春」　ill：笠井あゆみ
「アンダーエール！」　ill：小椋ムク
「バーテンダーはマティーニがお嫌い？」　ill：ミドリノエバ
「或るシカリオの愛」　ill：稲荷家房之介

高尾理一
「鬼の王と契れ」シリーズ全3巻　ill：石田 要

高遠琉加
「神様も知らない」シリーズ全3巻　ill：高階 佑
「天使と悪魔の一週間」　ill：麻々原絵里依
「さよならのない国で」　ill：葛西リカコ
「刑事と灰色の鴉」
「白と黒の輪舞」刑事と灰色の鴉2　ill：サマミヤアカザ

月村 奎
「そして恋がはじまる」全2巻　ill：夢花 李
「アプローチ」　ill：夏乃あゆみ

キャラ文庫既刊

[きみに言えない秘密がある] ill：サマミヤアカザ
[偏屈なクチュリエのねこ活] ill：野白ぐり

遠野春日

[砂楼の花嫁] シリーズ1〜4巻
[花嫁に捧ぐ愛と名誉 砂楼の花嫁5] ill：円陣闇丸
[疵と蜜] ill：笠井あゆみ
[恋々 疵と蜜2] ill：笠井あゆみ
[愛しき年上のオメガ] ill：みずかねりょう
[やんごとなきオメガの婚姻] ill：サマミヤアカザ
[夜間飛行]
[存在証明 夜間飛行2] ill：笠井あゆみ
[百五十年ロマンス] ill：ミドリノエバ
[ひと夏のリプレイス] ill：笠井あゆみ

中原一也

[俺が好きなら咬んでみろ] ill：小野浜こわし
[街の赤ずきんと迷える狼] ill：みずかねりょう
[拝啓、百年先の世界のあなたへ] ill：笠井あゆみ
[幾千の夜を超えて君と] ill：麻々原絵里依
[僕たちは昨日まで死んでいた] ill：笠井あゆみ
[悪役王子とお抱えの針子] ill：石田惠美
[夕陽が落ちても一緒にいるよ] ill：ミドリノエバ

凪良ゆう

[恋愛前夜]
[求愛前夜 恋愛前夜2] ill：穂波ゆきね
[天涯行き] ill：高久尚子
[おやすみなさい、また明日] ill：小山田あみ

[美しい彼]
[憎らしい彼 美しい彼2]
[悩ましい彼 美しい彼3]
[interlude 美しい彼番外編集] ill：葛西リカコ
[ここで待ってる] ill：草間さかえ
[初恋の嵐] ill：木下けい子
[セキュリティ・ブランケット 上・下] ill：ミドリノエバ
[きみが好きだった] ill：宝井理人

夏乃穂足

[飼い犬に手を咬まれるな] ill：笠井あゆみ
[真夜中の寮に君臨せし者] ill：円陣闇丸

成瀬かの

[兄さんの友達] ill：三池ろむこ
[隣の狗人の秘密] ill：サマミヤアカザ
[神獣さまの側仕え] ill：金ひかる
[ご褒美に首輪をください] ill：みずかねりょう

西野 花

[陰獣たちの贄] ill：北沢きょう
[獣神の夜伽] ill：穂波ゆきね
[淫妃セラムと千人の男] ill：北沢きょう
[催淫姫] ill：古澤エノ
[金獅子王と孕む月] ill：北沢きょう
[月印の御子への供物] ill：笠井あゆみ
[勇者は元魔王を殺せない] ill：兼守美行

鳩村衣杏

[学生服の彼氏] ill：金ひかる
[きれいなお兄さんに誘惑されてます] ill：砂河深紅

樋口美沙緒

[八月七日を探して] ill：高久尚子
[他人じゃないけれど] ill：穂波ゆきね
[狗神の花嫁] シリーズ全2巻 ill：高星麻子
[予言者は眠らない] ill：夏乃あゆみ
[パブリックスクール―檻の中の王―]
[パブリックスクール―群れを出た小鳥―]
[パブリックスクール―八年後の王と小鳥―]
[パブリックスクール―ツバメと殉教者―]
[パブリックスクール―ロンドンの蜜月―]
[パブリックスクール―ツバメと監督生たち―] ill：yoco
[ヴァンパイアは我慢できない dessert] ill：夏乃あゆみ
[王を統べる運命の子] シリーズ全4巻 ill：麻々原絵里依

火崎 勇

[ヒトデナシは惑愛する] ill：小椋ムク
[エリート上司はお子さま!?] ill：金ひかる
[メールの向こうの恋] ill：麻々原絵里依
[契約は悪魔の純愛] ill：高城リョウ
[かわいい部下は渡しません] ill：兼守美行
[愛を誓って転生しました] ill：ミドリノエバ

菱沢九月

[小説家は懺悔する] シリーズ全3巻 ill：高久尚子
[年下の彼氏] ill：穂波ゆきね
[飼い主はなつかない] ill：高星麻子
[同い年の弟] ill：穂波ゆきね

松岡なつき

[WILD WIND] ill：雪舟 薫
[FLESH&BLOOD①〜㉔] ill：①〜⑪雪舟 薫／⑫〜彩

キャラ文庫既刊

[FLESH&BLOOD外伝 —女王陛下の海賊たち—]
[FLESH&BLOOD外伝2 —祝福されたる花—] ill：彩
[H・K《ホンコン》ドラグネット] 全4巻 ill：乃一ミクロ
[流沙の記憶] ill：彩

水原とほる

[彼は優しい雨] ill：小山田あみ
[月がきれいと言えなくて] ill：ひなこ
[見初められたはいいけれど] ill：ミドリノエバ
[小説の登場人物と恋は成立するか？] ill：サマミヤアカザ

水無月さらら

[いたいけな弟子と魔導師さま] ill：yoco
[二度目の人生はハードモードから] ill：木下けい子
[僭越ながらベビーシッターはじめます] ill：夏河シオリ
[新米錬金術師の致命的な失敗] ill：北沢きょう

水壬楓子

[桜姫] シリーズ全3巻 ill：長門サイチ
[森羅万象] シリーズ全3巻 ill：新藤まゆり
[王室護衛官を拝命しました] ill：サマミヤアカザ
[王室護衛官に欠かせない接待] ill：みずかねりょう
[たとえ業火に灼かれても] ill：十月

宮緒 葵

[祝福された吸血鬼]
[悪食] ill：Ciel
[羽化 悪食2]
[曙光 悪食3] ill：みずかねりょう
[百年待てたら結婚します] ill：サマミヤアカザ
[騎士と聖者の邪恋] ill：yoco
[鬼哭繚乱] ill：Ciel
[沼底から] ill：北沢きょう

夜光 花

[不浄の回廊]
[二人暮らしのユウウツ 不浄の回廊2]
[欠けた記憶と宿命の輪 不浄の回廊3]
[君と過ごす春夏秋冬 不浄の回廊番外編集] ill：小山田あみ
[ミステリー作家串田寥生の考察]
[ミステリー作家串田寥生の見解] ill：高階 佑
[バグ] 全3巻 ill：湖水きよ
[式神の名は、鬼] 全3巻 ill：笠井あゆみ
[式神見習いの小鬼] ill：笠井あゆみ
[無能な皇子と呼ばれてますが中身は敵国の宰相です①〜③] ill：サマミヤアカザ

吉原理恵子

[二重螺旋] シリーズ1〜14巻
[蝶ノ羽音 二重螺旋15] ill：円陣闇丸
[灼視線 二重螺旋外伝] ill：円陣闇丸
[万華鏡 二重螺旋番外編] ill：円陣闇丸
[問の楔] 全6巻 ill：長門サイチ
[影の館] ill：笠井あゆみ
[暗闇の封印—邂逅の章—]
[暗闇の封印—黎明の章—] ill：笠井あゆみ
[銀の鎮魂歌《レクイエム》] ill：yoco
[渇愛㊤・㊦] ill：笠井あゆみ

六青みつみ

[輪廻の花〜300年の片恋〜] ill：みずかねりょう
[鳴けない小鳥と贖いの王〜彷徨編〜]
[鳴けない小鳥と贖いの王〜再逢編〜]
[鳴けない小鳥と贖いの王〜昇華編〜] ill：稲荷家房之介

渡海奈穂

[狼は闇夜に潜む] ill：マミタ
[御曹司は獣の王子に溺れる] ill：夏河シオリ
[憑き物ごと愛してよ] ill：ミドリノエバ
[山神さまのお世話係] ill：小椋ムク
[死神と心中屋] ill：兼守美行
[魔術師リナルの嘘] ill：八千代ハル

〈四六判ソフトカバー〉

ごとうしのぶ

[ぼくたちは、本に巣喰う悪魔と恋をする]
[喋らぬ本と、喋りすぎる絵画の麗人]
[ぼくたちは、優しい魔物に抱かれて眠る]
[ぼくたちの愛する悪魔と不滅の庭] ill：笠井あゆみ

松岡なつき

[王と夜啼鳥《ナイチンゲール》 FLESH＆BLOOD外伝] ill：彩

アンソロジー

[キャラ文庫アンソロジーⅠ 琥珀]
[キャラ文庫アンソロジーⅡ 翡翠]
[キャラ文庫アンソロジーⅢ 瑠璃]
[キャラ文庫アンソロジーⅣ 瑪瑙] ill：円陣闇丸

〈２０２４年5月28日現在〉

キャラ文庫最新刊

偏屈なクチュリエのねこ活

月村 奎
イラスト✦野白ぐり

二世俳優とのスキャンダルが原因で、芸能界を追われた元アイドルのリオン。流れ着いた街で、洋裁店を営む大我《たいが》に拾われるけれど⁉

夕陽が落ちても一緒にいるよ

中原一也
イラスト✦ミドリノエバ

父親の暴力に怯えていた過去を持つ介護職のアキ。検事で幼なじみの流星《りゅうせい》が唯一の救いだったけれど、兄との再会で事態が急変して⁉

魔術師リナルの嘘

渡海奈穂
イラスト✦八千代ハル

帝国貴族の子息で、落ちこぼれ魔術師のリナル。ある日、軍が捕虜として連れてきた青年イトゥリの世話をするよう命じられてしまい⁉

6月新刊のお知らせ

尾上与一　イラスト✦牧　[碧のかたみ]
かわい恋　イラスト✦みずかねりょう　[神官見習いと半魔(仮)]
小中大豆　イラスト✦笠井あゆみ　[ラザロの献身(仮)]
宮緒 葵　イラスト✦麻々原絵里依　[錬金術師の最愛の悪魔]

6/27（木）発売予定